饌®

她浅浅地对着我笑，
像是对我的等待表示歉意。
而我，突然觉得她就像一只
轻轻飞舞的美丽蝴蝶。

在一个苦思程序的深夜里，
研究室窗外的那只野猫又发出断断续续的叫声。
三长一短，表示大约是三点一刻。

我不禁再次打量着坐在我面前的这位美丽女孩。

在今晚以前，她只不过是网络上的一个游魂而已。

只有 ID，没有血肉。

我轻轻地舞着，在静谧的天堂之中。
天使们投射过来异样的眼神。
诧异也好，欣赏也罢，
并不曾使我的舞步凌乱。
因为令我飞扬的，不是天使们的目光，
而是我的青蛙王子。

第一次的亲密接触

亲密接触

蔡智恒 著

南方传媒 花城出版社

中国·广州

图书在版编目（CIP）数据

第一次的亲密接触 / 蔡智恒著. -- 广州 ： 花城出版社，2024.1（2024.2重印）
ISBN 978-7-5749-0014-1

Ⅰ. ①第… Ⅱ. ①蔡… Ⅲ. ①长篇小说－中国－当代 Ⅳ. ①I247.5

中国国家版本馆CIP数据核字（2023）第167084号

合同版权登记号：图字 19-2023-147 号

出 版 人：张　懿
项目统筹：陈宾杰　蔡　安
责任编辑：李加联
责任校对：梁秋华
技术编辑：凌春梅　林佳莹

书　　名　第一次的亲密接触
　　　　　DIYICI DE QINMI JIECHU
出版发行　花城出版社
　　　　　（广州市环市东路水荫路11号）
经　　销　全国新华书店
印　　刷　北京中科印刷有限公司
　　　　　（北京市通州区宋庄工业区一号楼101）
开　　本　889 毫米×1194 毫米　32 开
印　　张　6.25
字　　数　140,000 字
版　　次　2024 年 1 月第 1 版　2024 年 2 月第 2 次印刷
定　　价　39.80 元

如发现印装质量问题，请直接与印刷厂联系调换。
购书热线：020-37604658　37602954
花城出版社网站：http://www.fcph.com.cn

目录 —— CONTENTS

Plan

如果我有一千万，我就能买一栋房子。

我有一千万吗？没有。

所以我仍然没有房子。

如果我有翅膀，我就能飞。

我有翅膀吗？没有。

所以我也没办法飞。

如果把整个太平洋的水倒出，也浇不熄我对你爱情的火焰。

整个太平洋的水全部倒得出吗？不行。

所以我并不爱你。

跟她是在网络上认识的。

怎么开始的? 我也记不清楚了, 好像是因为我的一个 plan[1] 吧。

那个 plan 是这么写的:

> 如果我有一千万, 我就能买一栋房子。
>
> 我有一千万吗? 没有。
>
> 所以我仍然没有房子。

> 如果我有翅膀, 我就能飞。
>
> 我有翅膀吗? 没有。
>
> 所以我也没办法飞。

> 如果把整个太平洋的水倒出, 也浇不熄我对你爱情的火焰。
>
> 整个太平洋的水全部倒得出吗? 不行。

---

[1] BBS (网络论坛) 时期, plan 类似于如今网络社交账号的个性签名。

所以我并不爱你。

其实这只是我的职业病而已。

我是研究生，为了撰写数值程序，脑子里总是充满了各种逻辑。

当假设状况并不成立时，所得到的结论，便是狗屁。

就像去讨论太监比较容易生男或生女的问题一样，都是没有意义的。

在 plan 里写这些阿里不达 ① 的东西，足证我是个极度枯燥乏味的人。

事实上也是如此。

所以没有把到任何美眉，以致枕畔犹虚，倒也在情理之中。

而她，真是个例外。

她竟然发邮件告诉我，我是个很有趣的人。

有趣？这种形容词怎么可能用在我身上？

我想她如果不是智商很低，就是脑筋有问题。

看她的昵称，却又不像。

她叫作"轻舞飞扬"，倒是个蛮诗意的名字。

不过网络上的昵称总是虚虚实实，虚者实之，实者虚之，做不得准的。

---

① 闽南语，形容不三不四、没价值、没水准。

换言之，"恐龙"① 绝不会说她是"恐龙"，更不会说她住在侏罗纪公园里。

她总是会想尽办法去引诱你以及误导你。

而优美的昵称，就是"恐龙"猎食像我这种纯情少男的最佳武器。

说到"恐龙"，又勾起了我的惨痛记忆。

我见过几个网友，结果是一只比一只凶恶，每次都让我落荒而逃。

我想我大概可以加入斯皮尔伯格的制作班底，去帮他做电影特效了。

室友阿泰的经验和我一样。

如果以我和他所见到的"恐龙"为 X 坐标轴，以受惊吓的程度为 Y 坐标轴，可以经由回归分析而得出一条线性方程式。

然后再对 X 取偏微分，对 Y 取不定积分，就可得到"网络无美女"的定律。

因此，理论上而言，网络上充斥着各种"恐龙"。

所差别的只是到底她是肉食性还是草食性而已。

要介绍"轻舞飞扬"之前，得先提一提阿泰。

---

① 网络流行词，形容相貌欠佳的女生，含贬义。

打从大学时代起，阿泰就是我的哥们儿，不过我们的个性却是天南地北。

他长得又高又帅，最重要的是，他有张又甜又油的嘴巴。

我很怀疑有任何雌性动物能不淹没在他那滔滔不绝的口水之中。

我喜欢叫他"Lady Killer（女性杀手）"，而且他还是职业的。

惨死在他手下的女孩，可谓不计其数，受害者遍及台湾全岛。

他在情场上百战百胜，但绝不收容战俘。

他说他已经达到情场上的最高境界，即"万花丛中过，片叶不沾身"。

据说这比徐志摩的"挥一挥衣袖，不带走一片云彩"，还要高竿①。

徐志摩还得挥一挥衣袖来甩掉黏上手的女孩子，阿泰则连衣袖都没有了。

阿泰总是说我太老实了，是情场上的炮灰。

这也难怪，我既不高又不帅，鼻子上骑着一副高度近视眼镜，使我的眼睛看起来眯成一条线。

记得有次上流体力学课时，老师突然把我叫起来，因为他怀疑我在睡觉，但那时我正在专心听讲。

可能跟八字也有关系吧！从小到大，围绕在我身旁的，不是

---

① 比喻某种技术或表现超人一等。

像女人的男人，就是像男人的女人。

阿泰常说，男人有四种类型：第一种叫"不劳而获"型，即不用去追女孩子，自然会被倒贴；第二种叫"轻而易举"型，虽然得追女孩子，但总能轻易虏获芳心；第三种叫"刻苦耐劳"型，必须绞尽脑汁，用尽三十六计，才会有战利品；而我是属于第四种"自求多福"型，只能期待碰到眼睛被牛屎钩到的女孩子。

阿泰其实是很够朋友的，常常会将一些女孩子过户给我。

只可惜我太不争气，总是近"香"情怯。

不过这也不能怪我，只因为我多读了几本圣贤书，懂得礼义廉耻，而讲究礼义廉耻通常是追求女孩子的兵家大忌。

举例来说，我跟一个不算瘦的女孩去喝咖啡，我好心请她再叫些点心，她却说她怕会变胖，那我就会说你已经来不及了。

去年跟一个女孩子出去吃饭，她自夸朋友们都说她是"天使般的脸孔，魔鬼般的身材"。

我很正经地告诉她："你朋友说反了。"

幸好那时我们是吃简餐，我只是被飞来的筷子击中胸前的膻中穴而已。

如果是吃西餐，我想大概会出人命的。

经过那次死里逃生的经验，我开始领教"恐龙"的凶残。

后来阿泰想出了一个逃生守则，即日后跟任何女性网友单独见面时，要带个CALL机（寻呼机）。

我们会互相支援，让CALL机适时响起。

如果碰到肉食性"恐龙"，就说"宿舍失火了"；如果是草食性"恐龙"，则说"宿舍遭小偷了"。

于是，阿泰的房间发生了四次火警、六次遭窃。

我比较幸运，只被偷过五次。

所以在见到"轻舞飞扬"之前，我的心脏其实已经被锻炼得很坚强了。

即使再碰到"恐龙"，我的心跳仍能维持每分钟七十二下。

阿泰曾经提醒我，她如果不是长头发，就会是花痴。

因为女孩子在跳舞时只有两个地方会飞扬：头发和裙子。

头发飞扬当然很美；但若裙子飞扬，则表示她有相当程度的性暗示。

不过我一直认为她与众不同，当然我的意思不是她特别大只。

书上说天蝎座的人都会有很敏锐的直觉，因此我很相信自己的第六感。

至于阿泰，他虽然能够一眼看出女孩子的胸围，并判断出到底是A罩杯还是B罩杯；或在数天内让女孩子在床上躺平。

但他却未必能真正地了解一个女孩子。

阿泰常引述莎士比亚的名言"女人是被爱的，不是被了解的"，来证明了解女人不是笑傲情场的条件。

事实上，这句话真的有道理。

记得我以前曾经一男四女住过，真是苦不堪言。

生活上的一切细节，都得帮她们打点，因为女生只知道风花雪月，未必知道柴米油盐。

为了保护她们的贞操，我每天还得晚点名。

我若有不轨的举动，别人会笑我监守自盗；我若守之以礼，别人就叫我柳下惠，或者递给我一张泌尿科医师的名片。

夏天晚上她们洗完澡后，我都得天人交战一番，可谓看得到吃不到。

跟她们住了两年，我只领悟到一个道理。

再怎么纯洁可爱温柔天真大方端庄小鸟依人的女孩子，她们卷起裤管数腿毛的姿势都一样。

而且她们都同样会叫我从厕所的门缝下面塞卫生纸进去。

轻舞飞扬

我轻轻地舞着，在拥挤的人群之中。

你投射过来异样的眼神。

诧异也好，欣赏也罢，

并不曾使我的舞步凌乱。

因为令我飞扬的，不是你注视的目光，

而是我年轻的心。

该让"轻舞飞扬"出场了。

自从她头壳坏掉发邮件给我并说我很有趣后，我就常希望能在线上碰到她。

不过很可惜，我们总是擦身而过，所以我也只能回邮件告诉她，为了证明她有先见之明，我会努力训练自己成为一个有趣的人。

因此我寄邮件给她，她回邮件给我，我又回她回给我的邮件，她再回我她回给我的邮件……

于是应了那句俗话："冤冤相报何时了。"

虽然说冤家宜解不宜结，不过我和她的冤仇却是愈结愈深。

其实最让我对她感兴趣的，也是她的 plan：

我轻轻地舞着，在拥挤的人群之中。

你投射过来异样的眼神。

诡异也好，欣赏也罢，

并不曾使我的舞步凌乱。

因为令我飞扬的，不是你注视的目光，

而是我年轻的心。

我实在无法将这样的女子与"恐龙"联系在一起。

如果她真是"恐龙"，我倒宁愿让这只"恐龙"饱餐一顿。

正所谓"恐龙"嘴下死，做鬼也风流。

阿泰好像看出了我的异样，不断地劝我，网络上的感情玩玩就好，千万别当真，毕竟虚幻的东西是见不得阳光的。

就让上帝的归上帝，恺撒的归恺撒；网络的归网络，现实的归现实。

因为躲在任何一个英文 ID 背后的人，先别论个性好坏或外表美丑，连是男是女都不知道，如此又能产生什么狗屁爱情？

这不能怪阿泰的薄情与偏激，自从他在 20 岁那年被他的女友 fire① 后，他便开始游戏花丛。

俗话说："一朝被蛇咬，十年怕井绳。"但他被蛇咬了以后，却从此学会剥蛇皮，并喜欢吃蛇肉羹。

而且他遇见的女性网友，倒也不乏一些只寻找短暂刺激之辈。

有时第一次见面就会问他："君欲上床乎？"

---

① 原有解雇的意思。这里可理解为甩掉。

因为子曰："美女难找，有身材就好。"所以除了"恐龙"外，他通常会回答："但凭卿之所好，小生岂敢推辞？"

然后她们会问："Your place or my place？"（你的地方还是我的地方？）

他则爽快地说："要杀要剐，悉听尊便。重点是跟谁做，而不是在哪儿做。"

阿泰真狠，连这样也要之乎者也一番。

更狠的是，他通常带她们回到家里，而把我赶出去流落街头。

在一个苦思程序的深夜里，研究室窗外的那只野猫又发出断断续续的叫春声。

三长一短，表示大约是三点一刻。

上线来晃一晃，通常这时候在线的人最少，而且以无聊和性饥渴的人居多。

若能碰上一两个变态的女孩，望梅止渴一番，倒也是件趣事。

阿泰说女孩子的心防愈到深夜愈松懈，愈容易让你轻松挥出安打。

安打？

是这样的，我们常以棒球比赛来形容跟女孩之间的进展。

一垒表示牵手搭肩；二垒表示亲吻拥抱；三垒则是爱抚触摸；本垒就是已经 ※＆＠☆了……（基于网络青少年性侵害防治法

规定，此段文字必须以马赛克处理）

阿泰当然是那种常常击出全垒打的人，而我则是有名的被三振王，到现在还不知道一垒垒包是圆还是扁。

如果是被时速 140 公里以上的快速球三振那也就罢了，我竟然连 120 公里的慢速直球也会挥棒落空，真是死不瞑目。

电脑刚好在此时传出了当当的声响。

太好了！鱼儿上钩了。

不知道是哪个痴情怨女从一大堆饥渴的雄性野兽中，没有天理地选择了我为送消息的对象。

我也不知不觉地流下了欣慰的口水。

按照惯例，先双手合十虔诚地向上帝祈祷，求他赐给我一个寂寞难耐的绝色美女。

然后用没擦过屁股的左手按了下键盘，出现的是：

"痞子……这么晚了还没睡？"

哇嘞……不会吧？竟然是"轻舞飞扬"！

这个不知道是头发飞扬还是裙子飞扬的女孩。

赶紧将快滴下的口水吸住，做了几下深呼吸。

阿泰此时不知道又在哪个无知少女的床上。

这么重要的关头，只有我在孤军奋战。

早知如此，今晚就叫他吃素，别杀生了。

怎么办?

凭我三脚猫的幽默感和略显痴呆的谈吐,怎么能吸引她呢?

"痞子……我心情不好睡不着……你也是吗?"

Horse's[①]!都怪阿泰不好,干吗没事叫我取什么"痞子蔡"的昵称,还说什么这样叫作"置之死地而后生",反而会达到吸引纯情少女的效果。

我以前的昵称,诸如:"爱你一万年""深情的 Jack""浪漫是我的绰号""敢笑杨过不痴情""你若不想活我也陪你死"……

不也性格得一塌糊涂?

如今竟让她叫我痞子,真是情何以堪啊!

"我心情也不好……让我们负负得正吧……"

好不容易挤出了这么一句,却也已冒出一身冷汗。

其实我心情也不见得不好,只是顺着她的话头讲,不要刚开始聊天就做出忤逆的事。

而且如果她待会儿问我为何心情也不好时,我就可以回答:"你心情不好,我的心情又怎么好得起来?"

虽然有点狗腿,不过阿泰常说:"狗腿为谈恋爱之本。"

而且女孩子是种非常奇怪的动物,她相信她的耳朵远超过相

---

① 粗口。

信她的眼睛，所以与其做十件体贴的事让她欣慰，倒不如说一句好听的话让她感动。

"好呀……可是你还没向我问好呢……"

该死！竟然紧张到连做人的基本礼貌都忘了，亏我还号称系上的品行教科书以及道德状元郎。

如果让学妹们知道这件事，岂不是让她们少了一个暗恋的对象？

我真是无颜见江东姐妹了。

"长发飘扬的女孩……你也好……"

我心里一直希望她飞扬的是头发，而不是裙子。

所以自然而然地，就觉得她该有一头长发。

上帝保佑，千万别让我猜错。

"咦？你怎么知道我留长发？"

Bingo（答对了）！竟然被我猜到，太好了，可以证明她不是花痴了。

这情景，怎一个爽字了得！

"我不仅知道你留长发……我还知道你不常穿裙子……"

要赌，当然就赌大一点，要是再让我猜到，天下就准备太平了。

"咦？连本姑娘不喜欢穿裙子你也知道？"

老天啊！何苦如此厚待我？

我只不过比别人多一份老实，比别人多一份诚恳，用不着如此奖励我吧？

"我只是觉得你一定有双美腿……所以不应让裙子遮住你的曲线……"

阿泰的特训果然有用，他说男人一定要学会甜言蜜语。

而当男人讲甜言蜜语时，最大的敌人不是女人的耳朵，而是男人的胃。

如果我讲出任何阿谀奉承谄媚巴结的恶心言语而不会让我的胃抽筋时，我就可以出师了。

如今，我终于学成出师了。

"呵：)"

这是网络上女孩的特权。

当她不知道该如何回答你时，就会用"呵"或笑脸符号"：)"来打混过去。

这真的是高招，不仅不露痕迹地接受了你的赞美，还一副事不关己的样子。

"心情好点了吗？美丽的轻舞飞扬小姐……"

虽然我很好奇她到底为何心情不好，但绝不能直接问她。

因为当女孩子心情不好时，情绪是很不稳定的，单刀直入的问法会让她觉得烦躁火大。

万一她刚被 fire，或是刚告别处女，或是刚踩到狗屎，我一定会被她骂得满头包。

所以，换个方式问，比较合乎孙子兵法的"迂回进击"和"诱敌深入"战术。

而且看在我说她美丽的分儿上，所谓不看僧面看佛面，她也不至于当场翻脸吧。

"嗯……好多了……可爱的痞子先生……:)"

可爱？这种形容词虽不满意，但还可以接受。

不过痞子再怎么可爱也还是痞子。

明天得再想个优雅一点的昵称了。

"知道你心情变好……我的心情也跟着好转……你说奇怪不奇怪？"

刚才埋设的伏笔，现在可以派上用场了。

而且明明是拍女孩子的马屁，却装作一副无辜的样子，正所谓"拍而示之以不拍"。

这也是独孤九剑中"无招胜有招"的真谛。

"呵:)……痞子……我该睡了……明早十点上站……陪我吗？"

由她的反应看来，刚才拍的那个马屁，无论是力道与施力点，都是恰到好处。

跟阿泰在一起这么久，日子倒也没有白过。

"赴汤蹈火……尚且不辞……何况陪你聊天乎？"
天啊！我怎么会突然冒出一句这么有深度的话呢？
这句话大概可以列入网络年度十大佳句了。
我想唐伯虎复生，也不过如此吧。

虽说我是受到阿泰的熏陶，但我已经青出于蓝而胜于蓝了。
更难得的是，我说这句话时，敲键盘的手竟然一点也不会发
抖，看来我的确有在情场中摸爬滚打的天分。
我深深地被自己的天赋异禀所感动。

"：）……那么明早见了……晚安……痞子……"
"小小吐槽一下……应是今早见……晚安……"

离了线，忍不住想学电视里的广告大叫："我出运了！我出
运了！"
看来这次打击，有希望能敲出一记安打。
而研究室的窗外，那只野猫的叫春声更响了……

网络邂逅

其实网络上的邂逅，

应该可称之为浪漫。

因为浪漫通常带点不真实，

而网络并不真实。

所以由此观之，

网络上的邂逅是具备浪漫的条件。

"啊啊，给我一杯壮阳水，换我一夜不下垂……"

听到这首改编自刘德华《忘情水》的变态歪歌，就知道是阿泰回来了。

看来今夜又有个女孩惨遭毒手。

阿泰常说他不是不想定下来，只是他条件太好，反而会让女孩子有不安全感。

所以他说："余岂好色乎，余不得已也。"

这当然是狡辩，其实很多男人或多或少都有阿泰的性格。

所差别的只是条件不够，无法风流而已。

我告诉阿泰，我刚遇见轻舞飞扬了。

"恭喜恭喜！如此际遇，岂能无酒？"

开玩笑，我明天还得早起，喝酒会误事的。

"也对。等你失恋时再喝。"

哇嘞，你这样仿佛是在诅咒我。

"我干吗还仿佛！我根本就是在诅咒你。"

Horse's，要不是看在我打不过你的分儿上，你早就血溅五步了。

"痞子，别生气。"阿泰一屁股坐在床边，笑了笑，"我用的是心理学上的洪水猛兽法，在你有所期待时，狠狠泼你冷水。这样你才能步步为营，攻城略地，无坚不摧。"

其实这样也对，要不是这桶冷水，我一定会得意忘形。

我是个日夜颠倒的人，早上10点以前起床对我而言，是有点难度。

"阿泰！明早叫我起床。"

"细细回忆，你的淫荡。仿佛见你，床上模样……"

他改唱刚泽斌的《你在他乡》，装作没听到我说话的样子。

看来，别指望他了。

所以，我调了两个闹钟，一个放床边，一个放在离床最远的角落。

这样我才能确保闹钟不会只叫醒我的食指。

"痞子……这么巧……:)"

还好，虽然睡过头，但仍然准时在10点上了线。

"是啊……怎么这么巧……"

女孩子真是奇怪的动物，明明是早就约好的事，偏要装作一副邂逅的样子。

大概是琼瑶小说看太多的缘故吧，她们总觉得靠缘分邂逅的男人最美好。

而且男人的美好程度会跟邂逅的浪漫程度成正比。

"痞子……你在吹牛……"

吹牛？好，我说给你听。

举例而言，在夏天的海滩边邂逅的男子一定要会跑步，要有粗犷的长相，要有古铜色泛红的皮肤，要有海水般明亮的双眼，最好还要有爽朗的笑声。

然后一面呼喊着女主角的名字，一面朝她飞奔，再抱起她逆时针转三圈。

"痞子……你再吹呀……"

不喜欢夏天？好，换个季节。

在秋天的街道上邂逅的男子一定要戴副眼镜，要有斯文的书卷味，手里要抱着一本诗集，最好要踩着满地的落叶，发出沙沙的声响。

然后嘴里轻轻吟着雪莱或叶慈[1]的诗，再深情地告诉女主角她比诗还美。

"痞子……你在乱掰哦……"

---

[1] 威廉·巴特勒·叶芝，亦译"叶慈"。爱尔兰诗人、剧作家、散文家。1923年诺贝尔文学奖得主。

我在掰？好，不说时间的邂逅，改用地点的邂逅。

在无人的山中邂逅的男子一定要留长发，要有艺术家的特质，要带着一个画架、几张画布，最好有很多小鸟停在他身旁看他作画。

然后女主角也许脱光光当他的模特儿，或静静地欣赏他的专注。

"痞子……你吃错药了……"

吃错药？好，换个比较文明的地点。

在喧闹的酒吧中邂逅的男子一定要有胡碴，要有颓废的气息，嘴里要叼根烟，要喝烈酒而不是台湾啤酒，最好还要有冷峻的眼神。

然后女主角应该会被酒醉的人调戏，而他则英勇而适时地打跑这些人。

"痞子……这些都很浪漫呀……"

浪漫？小姐，浪漫也许只是存在于小说中的情节而已。

现实生活中，在海边跑步的男子可能会踩到玻璃，然后送去急诊。

或是女主角太重，以致他的手臂产生肌肉拉伤或肩膀脱臼的运动伤害。

踏着满地秋天落叶的男子可能会踩到狗屎，因为落叶堆内狗屎多。

由于狗屎太臭了，所以他可能不吟诗而改吟"三字经"。

在无人山中作画的男子，旁边的小鸟可能会拉屎在他头上。

或是当女主角脱光光时，他会嫌腰部和臀部的赘肉太多，而被她痛殴一顿。

而在喧闹酒吧中喝烈酒的男子，可能钱会带不够，而被留下来洗碗。或是跟人打架时，反而被人打跑，因为没有理由好人就会打赢架。

"痞子……你跟浪漫有仇吗？"

跟浪漫有仇？当然不是，我只是以统计学的观点得出一些结论而已。

因为以上各类型的男子，无论是粗犷型、斯文型、艺术型还是颓废型，他们最大的共通点竟然是高，而不是帅！

有的爱情小说会颠覆男主角的形象，让他长得不够好看。

但没人敢让男主角不高。

因为我不高，所以我要抗议。

"痞子……抗议驳回……"

我真的不是普通的无聊与乏味，竟然在网络上跟她讨论这些。

而且一聊就聊到中午。

"痞子……肚子饿了吗？"

"是啊……那你呢？"

"嗯……的确该吃午餐了……：）"

"那我们是否该……？"

"痞子……我只是问问……没有要跟你吃饭的意思……"

很好，我不浪漫。而你也不浪漫……

中午跟阿泰吃饭，我们聊起了早上和轻舞飞扬的对谈。

"你真是白痴！你干吗强调你不浪漫？你头壳坏掉？"

阿泰劈头就是一顿臭骂，而且一发不可收拾。

"我的脸都让你丢光了，你怎会犯了兵家大忌呢？我……我……"

阿泰夹起一块鸡翅，拿筷子的手气得发抖，使得那块鸡翅好像要展翅飞翔。

"追女人有三大忌。一曰不浪漫，二曰太老实，三曰嘴不甜。其中又以不浪漫为首。任何罪恶与不浪漫抵触者无效，没听过吗？"

当然没听过，我只听过任何法令与宪法抵触者无效。

"男人不坏，女人不爱。总该听过吧？"

这句话一直有争议性，当然听过。

"其实女人又不贱，干吗非得去喜欢坏男人？

"那是因为坏男人通常很浪漫，而好男人通常不解风情。

"所以她宁可选择坏而浪漫的男人，也不愿选择好而不浪漫的男人。

"这叫'两害相权取其轻也'。懂吗？痞子。"

这样我就懂了。

难怪我一直是孤家寡人，而阿泰身旁的女人总是取之不尽、用之不竭。

子曰："朝闻道，夕死可矣。"

我想我终于可以瞑目了。

"换言之，女人可以不介意你不够高，可以不在乎你不够帅，可以宽恕你不够温柔体贴，可以忍受你不够细心呵护，可以接纳你不够聪明有趣，但绝不能原谅你不够浪漫！"

太扯了吧！哪有这么夸张。

"痞子，很多女人有浪漫情结，就像很多男人有处女情结一样。对女人而言，她们无法想象小小一层薄膜对男人有多么重要，正如我们也无法想象浪漫对她们有多么重要一样。"

乱讲！我从来没听过谁有处女情结，更没听过谁有浪漫情结。

"情结也者，重点在结这个字。你能解得开，就不叫结了。

"男人当然知道处女情结不仅无知可笑而且是自私与不公平，但能不能解开这个结是一回事，肯不肯承认自己有这种结的存在，又是另一回事。同理可证，女人亦复如此。"

可是网络上每次讨论到处女情结时，大家都觉得有这种观念的男人，是又笨又混蛋又欠揍，不是吗？

"痞子，你只知其一，不知其二。

"谈到处女情结时，女性当然义愤填膺，这是可以理解的事。

"但男性呢？有几个人敢带种地当众承认自己有处女情结？

"而且如果女孩们都相信男人非处女不娶，于是死守着她们的贞操，那像我这种人不就不用混了？

"因此于公于私，我们都必须让女人相信处女是不重要的。

"所以我在网络上发布的第一篇文章就是誓死唾弃处女情结的存在！"

原来如此。

难怪阿泰每次和我们吃火锅时，都说菜很好吃，于是我们就会吃菜。

但他却一直夹肉。

"对女人而言，一年有五大节庆，即西洋情人节、中国情人节、她的生日、三八妇女节、圣诞节。

"我阿泰纵横情场近十载，大小数百战。

"我敢骂女人三八、敢放女人鸽子、敢说女人脸蛋不够好看、敢嫌女人身材不够纤细，但我绝不敢在这五大节庆里，不进贡一些礼品与花朵以表示忠贞不渝、绝无二心！"

阿泰点起了烟，语重心长地说着。

"一年三百六十五天，你在其他三百六十天对她很好，反而不及在这五天里让她觉得浪漫。

"通常女孩们会因为你在这五天里表现良好，而忘了你在其他三百六十天里对她并不够在乎的事实。

"相反地，她们会因为你在这五天里并无特殊表现，而拒绝相信你在其他三百六十天里细心呵护她的事实。"

哇嘞！阿泰的屁还没放完。

"就像一个棒球名人所说的：'不要吹嘘你的打击率很高，不要强调你的安打数很多，你只要告诉我，你的打点有多少？'

"痞子，懂了吗？适时而带有打点的安打，才能给对手迎头痛击。"

我懂了。但我大错已经铸成，又该如何挽回呢？

"痞子，没关系，反正到时候我会再陪你喝酒的。

"你有没有想过，正因为你常失恋，所以你的酒量锻炼得非常好。

"从这个角度想，你就不会太难过了。

"正所谓有所得必有所失，这也是'塞翁失马，焉知非福'的真谛。"

话虽如此，但我这个塞翁，还有多少匹马可以丢掉呢？

晚上在研究室，继续为写论文打拼。

说也奇怪，今晚看到那些熟悉的偏微分方程式，却一直觉得不顺眼。

用几条简单的偏微分方程式来解释自然界的物理现象，就叫科学；那为什么用天上星宿的排列组合来解释人生，就会叫迷信呢？

科学应该只是解释真理的一种方法，不能用科学解释的，未必不是真理。

为什么学科学的人，却往往掉入自己所擅长的逻辑陷阱之中？

那只讨厌的野猫，偏偏又在此时发出那种三长一短的叫声。

上线吧！反正脑筋已经打结了，程序一定写不下去。

"痞子……终于看到你了……你好吗？……:)"

终于？这个形容词好奇怪。

更奇怪的是，为什么这么晚了她还在线？

该不会又是心情不好吧？

"是啊……你我相逢在黑夜的网络上……真是有缘……"

学学徐志摩，也许她会觉得我还是很浪漫的。

"痞子……跟缘分无关……因为我是刻意从两点多等到现在的……"

"真的假的？没事干吗等我？"

"我想跟你聊天呀……不然我睡不着……"

"你得了被害妄想症吗？非得在睡前受到一点惊吓才睡得着？"

":)"

这次的笑脸符号是用全形字打的，看来笑得比较大声。

"痞子……继续中午的话题……那你觉得网络上的邂逅如何呢？"

拜托，哪壶不开提哪壶！

中午刚被阿泰训了一顿，现在怎敢再讲？

"网络上的邂逅……很……很……很浪漫啊……"

我果然不擅长说谎，昧着良心时，连打出来的字也会抖。

"痞子……你骗人哦……你又不是浪漫的人……"

完了，快要跟阿泰去喝酒了。

"痞子……说说看嘛……我喜欢听你扯……"

"既然知道我是扯……何苦还要听我扯……"

"痞子……这叫知其不可为而为之……也叫明知山有虎……偏向虎山行……"

这家伙，别的不学，竟学我喜欢乱用成语。

看看马厩，我只剩下这匹马了。

该据实以告，还是含混带过？

我不禁犹豫着。

"痞子……你宕机了，还是在发呆？"

"嗯……我在思考今天的太阳为何如此之圆？"

"别转移话题……我可是等你一个钟头了哦……"

好厉害，连顾左右而言他这种技巧也会被识破。

"现在很晚了……我怎么忍心为了一己之私……让你听我大放厥词呢?"

"你的厥词是'绝词'……绝妙好词也……:)"

最后一张拖延战术的王牌也失效,看来只得屈打成招了。

其实网络上的邂逅,应该可称之为浪漫。

因为浪漫通常带点不真实,而网络并不真实。

所以由此观之,网络上的邂逅是具备浪漫的条件。

"痞子……网络为何不真实? 虚幻的应是人性而非网络……不是吗?"

话虽如此,但由于网络有很安全的防护措施,所以通常会产生三种人。

第一种人会在网络上突显其次要性格。

一般人应该具有多重性格,而在日常生活处世中,所展现的为主要性格。

次要性格很可能被压抑,也可能是自己本身并未察觉有这种性格。

但在网络上,代表自己的,已不再是血肉之躯,而是一些英文字母。

少了所有的应酬与必要的应对进退,也少了很多利害关系。

于是猪羊变色,反而在刻意或不自觉的情况下,展现自己的次要性格。

"是这样吗？那第二种人呢？"

第二种人会在网络上变成他"希望"成为的那种人。

人性千奇百怪，一定会有某些性格是你特别欣赏与羡慕的。

但很可惜，这些性格未必为你所拥有。

于是你会很希望成为拥有这些性格的另一种人。

而网络正好提供这个机会，让你变成这种人。

举例而言，平常沉默寡言的，在网络上可能会风趣健谈。

而害羞文静的，则很容易变成活泼大方。

"痞子……你在盖 ① 吗？那第三种人呢？"

我没臭盖，这是我一个念台大心理研究所朋友的硕士论文。

第三种人会在网络上变成他"不可能"成为的那种人。

上帝是导演，他指定你必须扮演的角色，不管你喜不喜欢。

而网络上并没有上帝，因此所有角色皆由你自导自演。

于是你很可能在网络上扮演你日常生活中根本不可能扮演的

角色。

举例而言，你若是女的，很可能会在网络上变成男人。反之

亦然。

或者你已三十岁，很可能会在网络上装成十七岁的幼齿姑

_____

① 网络用语，胡编乱造的意思。

娘。反之亦然。

又或者你明明是"恐龙"，很可能会在网络上以绝代佳人自居。反之亦然。

"痞子……那你是属于哪一种人？而我呢？"

我不愿意相信你是第三种人，因为我也不是第三种人。

而由于在网络上第一种人最多，所以你也不是第一种人。

因为你特别。

而让特别的你所欣赏的我，自然也有点特别。

所以我们都是第二种人。

"痞子……你很臭屁哦……那如果我们都是第二种人……是好还是坏呢？"

这不是好与坏的问题，而是应不应该的问题。

我们应该要成为第一种人，而不应该成为第二或第三种人。

"痞子……请继续放吧……小女子洗鼻恭闻……:)"

第一种人最真实。

因为他所展现的，还是属于自己的性格。

而且换个角度想，他反而更能挖掘出自己潜在的优点。

例如有很多人在版上写文章后，才发觉自己有当作家的天分。

于是从网络上得到成长。

第二种人最愚蠢。

因为他总是羡慕别人的优点，而忘了欣赏自己本身的优点。

如果他是柠檬，就应该试着去喜欢酸味，而不是去羡慕水蜜桃的甜美。

因为水蜜桃也可能羡慕柠檬的酸。

"痞子……那么你我都是酸柠檬啰……这样算不算同是天涯沦落人？"

酸则酸矣，沦落却未必。

而且两个酸柠檬碰在一起，不也挺浪漫？

"痞子……别又假装浪漫哦……你果然是希望变成浪漫的第二种人……"

好厉害，这样也会被她抓到。看来她比我酸。

"痞子……My ears will go on……所以也请你 go on……:)"

第三种人最可怜。

因为如果他必须变成另一种他不可能成为的人，才能得到乐趣，那么无论他能不能得到乐趣，他都无法享受这种乐趣。

而且久而久之，便会产生所谓的"网络性精神分裂"。

他很容易将所有的人际关系与喜怒哀乐，建筑在网络上。

一旦离开了网络，便会无所适从。

"痞子……能不能告诉我……为什么你是第二种人？"

其实也很简单，主要是因为我平凡。

我身材不高也不矮，长相不丑也不帅，个性不好也不坏。

虽然已习惯于平凡，但有时却不甘于平凡。

因此网络便成为我让自己不平凡的最佳工具。

"痞子……可是你刚说你有点特别的……不是吗？"

平凡加上有点特别，所以是特别平凡。

因此我更希望成为另一种人。

"痞子……那你希望变成谁呢？"

我当然希望像阿泰一样，浪漫而多情，风趣而健谈。

因为这是我所缺乏的。

"那我呢？"

你？我不知道。

你想轻舞飞扬，希望尽情挥洒年轻，舞动青春。

但如果这是你无法实现的希望，那么只有两种可能：一是你即将老去；二是你时日无多。

我想我讲错话了，因为她一直没再传送任何消息过来。

我不禁自责自己的变态，干吗扯这些东西？

虽说这是我朋友的硕士论文，但他的口试并未通过。

所以一切都还只是停留在唬烂 ① 的阶段。

再等等吧！也许她宕机了。

---

① 闽南语，形容人说假话、大话。

记得阿泰有次也是如此，那时他的网友送来一句："阿泰……我已经两个月了……"

阿泰大吃一惊，狼容失色。

他说他一直很小心的，不可能出问题。

难道是那种在超市买的买一送一，还附赠激情持久环的避孕套出了问题？

幸好后来她又送来一句：

"Sorry……刚刚宕机……我是说我已经两个月了……没看到你……我很想念你……"

所以我继续等着。

虽然只过了几分钟，但我觉得好像等了数小时之久。

我很想道歉，却不知从何说起。

直到她传来这句：

"痞子……伊莎贝尔……我们见面吧……"

我毫不犹豫，轻轻在键盘上敲下 OK 两键。

见
面

虽然已经决定要见面，
但我们很有默契地不讨论细节。
更有默契的是，
我们都会在深夜三点一刻上线，
然后聊到天亮。

下了线，天也已蒙蒙亮了。

上次跟她聊天，忘了吃中饭，可谓忘食。

这次跟她聊天，牺牲了睡眠，可谓废寝。

废寝与忘食兼而有之，那么我们应该算是有相当程度的熟识了吧。

虽然已经决定要见面，但我们很有默契地不讨论细节。

更有默契的是，我们都会在深夜三点一刻上线，然后聊到天亮。

都聊些什么呢?

我也说不上来，反正到时都会有话说。

但一定不是风花雪月。

至于姓名，阿泰倒是交代我千万别问。

"因为问了姓名后，你就得记住。以后女友多了，很容易搞混。"

"那你怎么区分这些女孩子呢?"

"情圣守则第一条：必须以相同的昵称称呼不同的女人。

"因为你对一个女孩子感兴趣的原因，不会是名字。

"而且愈是漂亮的女孩子，愈容易被人问姓名，问久了她就会烦。

"所以当你一直不问她名字时，她反而会主动告诉你。"

"她如果主动告诉你名字后，又该如何？"

"好问题。"

阿泰赞许似的拍拍我的肩膀，一副孺子可教也的模样。

"首先你得赞美她的名字。形容词可有四种：气质、特别、好听、亲切。

"如果她的名字只可能在小说中出现，你要说她的名字很有气质；如果她的名字像男生，或是很奇怪，你要说她的名字很特别；如果她的名字实在是普普通通，乏善可陈，你要说她的名字很好听；如果她的名字很通俗，到处可见，你要说她的名字很亲切。"

阿泰喝了口水，接着说：

"然后你不用刻意去记，因为如果你很喜欢这女孩，你自然会记得。你若不怎么喜欢，那么记了也没用。"

这有点玄，听不太懂。

"痞子，因为女孩子若打电话给你，很喜欢让你猜猜她是谁。

"一方面是好玩，另一方面也想测试你是否还有别的女人。

"万一你猜错，或根本忘了她是谁，那怎么办？

"所以你一律称呼她们为'宝宝'或'贝贝'就对了。

"这就叫作'以不变应万变'。"

阿泰拿出一本他所谓的"罹难者手册",里面记载着被他征服过的女孩。

"痞子,你看看,这里面的女孩子都没有姓名。

"基本上我是用身高体重和三围来加以编号,并依个性分为五大类:'B'为泼辣,'C'为冷酷,'H'为热情,'N'为天真,'T'为温柔。"

然后阿泰将手指往右移,移到备注栏上。

"备注栏写上生日和初吻发生的时间、地点,还有我挨了几个巴掌,以及当时的天候状况、她的穿着与口红的颜色。"

太夸张了吧!这样也能混?

"痞子,所以我说你道行太浅,天底下绝对没有一个女孩子会相信,你能记得初吻的细节,却忘了她姓名的荒诞事。

"即使你此时不小心叫错她的名字,她也会认为你在开玩笑,于是会轻轻打一下你的肩膀,然后说:你好坏。"

"痞子,千万要记得,大丈夫能屈能伸,这一下你一定要挨。

"然后要说:对,我实在是很坏。

"最好再加上一句:我是说真的。

"女孩子很奇怪,你明明已经承认你很坏了,她反而会觉得你很善良有趣。

"过了这关后，你就不会有良心上的谴责了。"

是吗？为什么呢？

"因为你已经告诉她实话，又说明了你的危险性，她若要飞蛾扑火也只好由她。姜太公都已经不怎么想钓鱼了，鱼儿还是硬要上钩，你能有什么办法。"

阿泰说完，双手一摊，一副无可奈何的样子。

"痞子，你不要以为我很随便。所谓盗亦有道，我其实是很有原则的。我的原则是不到最后关头，绝不轻易欺骗女孩子。"

我听你在放屁，你若有原则，那宫雪花就会是纯情少女了。

"痞子，我再举例来说明我的原则。

"女孩子常喜欢问我一些问题，其中最棘手与最麻烦的问题就是：你是不是还有别的女朋友？你以前到底交往过多少个女朋友？"

没错，这两个问题对阿泰而言，都是致命伤。

我不相信他能安全下庄①而不撒谎。

"第一个问题的答案很简单，我当然老实说我还有其他的女朋友，而她们的名字都叫'贝贝'，因为我一直称呼我的女友们

———————

① 卸任。这里有过关的意思。

为贝贝。但问我问题的女孩子，会以为我都是在说她。于是通常会带点歉意对我说：对不起，我误会你了。"

这么好混？我不太相信。
"当然有一些比较难缠的女孩子，仍然会不太相信。
"这时我就会发誓，而且愈毒愈好。
"因为我是说实话，也不怕遭报应。"

"至于第二个问题就比较高难度了。我会告诉她：你先说。
"如果她不说，皆大欢喜；如果她说了，我就会说：既然你已说给我，何苦还要听我说。
"有时幸运点，可以混过去。
"万一她又追问为什么。我会回答：听到你过去的情史，使得爱你的我内心多了一份嫉妒，也多了一份痛苦。
"我不愿同样的嫉妒与痛苦，加在我爱的女孩身上。"

阿泰露出微笑，说："这时应该已经混过去，但如果她就是要我说，我只好说：好，我招了。我一直以为在我的生命中，出现了××个女孩。但直到遇见你，我才发现这些女孩根本不曾存在过。"

"阿泰，你这样不会太滥情吗？"
"非也非也，我这样叫多情。"
"多情和滥情还不都是一样。"

"痞子，这怎么会一样？差一个字就不是纯洁了哦！"

"啊？"

"多情与滥情虽然都有个情字，但差别在'多'与'滥'。

"多也者，丰富充足也；滥也者，浪费乱用也。

"多未必会滥，滥也未必一定要多。

"就像有钱人未必爱乱花钱，而爱乱花钱的也未必是有钱人。

"但大家都觉得有钱人一定爱乱花钱，其实有钱人只是有很多钱可花而已。

"有没有钱是能力问题，但乱不乱花却是个性问题。

"所以由此观之，我算是一个很吝啬的有钱人。"

开什么玩笑？如果阿泰这样叫吝啬，那我叫啥？

"痞子，你当然比我吝啬。不过那是因为你根本没钱可花。"

Shit[1]！阿泰又借机损我一顿。

"痞子，其实对女孩子真正危险的，不是像我这种吝啬的有钱人，而是明明没钱却到处乱花钱并假装很有钱的人。"

阿泰如果还不危险，那我就是安全局局长了。

"好了，今天的机会教育就到此，我现在要去赴 C-163-47-33-23-32 的约。总之，你别问她的名字。

"不听情圣言，失恋在眼前，懂吗？痞子。"

---

① 骂人的话。"该死"的意思。

阿泰唱着《我现在要出征》，然后离开了研究室。

看在阿泰这么苦口婆心的面子上，我只好听他的劝。

因此我一直不知道轻舞飞扬的芳名。

而她也是一样，并不问我的名字。

难道也有个女阿泰？我常常这么纳闷着。

深夜三点一刻已到，又该上工了。

"痞子……今天过得好吗？……:)"

其实我的生活是很机械而单纯的，所以我对生活的要求是不求有功、但求无过，只要没发生什么倒霉事，那就是很幸运了。

"痞子……那你今天倒霉吗？"

"今天还好……前几天气候不稳定……染上点风寒……"

"那你好点了吗？还有力气打字吗？我很关心的哦……"

"早就好了……除了还有点头痛发烧咳嗽流鼻水喉咙痛和上吐下泻外……"

"痞子……你真的很痞耶……你到底好了没？"

"只要能看到你……自然会不药而愈……"

":)"

又是这种全形字的笑脸符号。

这家伙，我鼓起勇气暗示她该讨论见面的细节了，她竟然无动于衷。

"那你今天过得好吗？美丽的轻舞飞扬小姐……"

轮到我发问了，在网络上聊天时，不能只处于挨打的角色。

而且我觉得今晚的她，有点奇怪。

"痞子……其实跟你聊天是我一天中最快乐的时间……"

她没头没脑地送来这句，我的呼吸突然间变得急促了起来。

是紧张吗？好像不是。

跟她在一起，只有自然，没有紧张。

应该是有点感动吧。

我总算对得起那些因为半夜跟她聊天而长出的痘子们。

"痞子……所以我很怕见了面后……我们就不会再在这么深的夜里聊天……"

"姑娘何出此言？"

"你很笨哦……那表示我长得不可爱……怕你失望而见光死……"

"那有什么关系？反正我长得也不帅……"

"那不一样……你没听过郎才女貌吗？你有才我当然也得有貌……"

"我又有什么狗屁才情了？你不要再混了……见面再说……"

"你讲话有点粗鲁哦……我好歹也是个淑女……虽然是没貌的淑女……"

"狗屁怎会粗鲁？粗的应该是狗的那只……腿吧……狗屁只

是臭而已……"

"你讲话好像跟一般正常人不太一样哦……我真是遇人不'俗'……"

"干吗还好像……我本来就不正常……"

"痞子……再给我一个见你面的理由吧！"

"那还不简单……你因为不可爱所以没有美貌……我则因讲话粗鲁所以没有礼貌……同是天涯没貌人，相逢何必太龟毛……所以非见面不可……"

"：）……好吧！你挑个时间……"

"拣日不如撞日……就是今晚七点半……地点轮到你挑……"

"大学路麦当劳……那里比较亮……你才不会被吓到……"

"OK……但你要先吃完饭……我不想人财两失……"

"痞子……你真的是欠骂哦！"

"我怎么认你？你千万不要叫我拿一朵玫瑰花当作信物……"

拿朵花等个未曾谋面的人，那实在是一大蠢事，而且很容易被放鸽子。

听说张学友以前常被放鸽子，不然他干吗要唱"我等到花儿也谢了"？

"我穿咖啡色休闲鞋……咖啡色袜子……咖啡色小喇叭裤……咖啡色毛线衣……再背个咖啡色的背包……"

这么狠！输人不输阵，我也不甘示弱。

"我穿蓝色运动鞋……蓝色袜子……蓝色牛仔裤……蓝色长袖衬衫……再背个蓝色的书包……"

除了蓝色书包得向学弟借外，其他的装备倒是没有问题。

"痞子……你还是输了哦……我头发也挑染成咖啡色的呢……:)"

"你既然'挑染'……那我只好也'挑蓝'色的内裤来穿……"

"痞子……你少无聊了……输了就要认……"

我怎么可能会输？

我真的有一套彩虹系列的内裤，红橙黄绿蓝靛紫，七色俱全。

刚好满足一星期七天的需求，可谓"上应天数"。

因为我是典型的闷骚天蝎座，外表朴素，内在却艳丽得很。

而且如果不小心忘了今天是星期几时，看一下内裤就知道了。

"痞子……你先去收一下惊……待会儿见啰！"

"我会的……那你是否也该去收惊呢？"

"我倒是不用……因为我本来就对你的长相不抱任何期望……"

Horse's！临走时还要将我一军。

"痞子……我得早点睡……不然睡眠不足会让我看起来很

恐怖……"

"你放心好了……如果你看起来很恐怖……那绝对不是睡眠不足的缘故……"

大丈夫有仇必报，所以我也回将她一军。

"那我先睡了……你也早点睡……:)"

"好啊……我们一起睡吧……"

"痞子……你占我便宜……"

"非也非也……我所谓的'一起'……是时间上的一起……不是地点上的一起……"

"你怎么说怎么对……睡眠不足可是美容的天敌……晚安……痞子……:)"

离了线，本想好好地睡一觉，但翻来覆去，总是睡得不安稳。

迷迷糊糊中，好像变成《侏罗纪公园》里那个被迅猛龙追逐的小男孩。

"痞子，吃中饭了。"

幸好阿泰及时叫醒我，救了我一命。

"阿泰，我今晚要跟轻舞飞扬见面。有点紧张，吃不下。"

"痞子，那你更应该吃饱饭，才有力气逃生。"

"阿泰，别闹了。给点建议吧！"

"痞子，你知道吗？船在接近岸壁时，由于水波的反射作用，会使船垂直于岸壁。"

"所以呢？"

"所以这叫作'船到桥头自然直'。别担心，痞子。"

虽然有科学上的佐证，但我仍然是很紧张。

看看手表，时间差不多了。

"阿泰，我要走了。"

"痞子，CALL机记得带，我会罩你的。"

"我不想带。无论如何，我想跟她好好地聊一聊。"

阿泰双眼睁得很大，然后大声说："荆轲！你放心地去吧！风萧萧兮易水寒，壮士一去兮不复还。"

"阿泰，你能不能说点好听的？"

"没问题，我待会儿去买酒。等你回来喝。"

"Shit！你怎么知道我一定会失恋？"

"痞子，你误会了。我买酒回来是准备晚上给你庆功的。"

虽然知道阿泰是硬拗，不过现在也没有心情跟他抬杠了。

咖啡哲学

我的鞋袜颜色很深，像是重度烘焙的炭烧咖啡，焦、苦，不带酸。

小喇叭裤颜色稍浅，像是风味独特的摩卡咖啡，酸味较强。

毛线衣的颜色更浅，像是柔顺细腻的蓝山咖啡，香醇精致。

而我背包的颜色内深外浅，并点缀着装饰品，

则像是卡布奇诺咖啡；

表面浮上新鲜牛奶，并撒上迷人的肉桂粉，

既甘醇甜美却又浓郁强烈。

晚上七点半，这种时间来见从未见过面的人，是非常完美的。

通常这时大家都已吃完晚饭，所以不必费神思考去哪里吃的问题。

不然光是决定吃什么，就得耗去大半个小时。

而且重点是，吃饭得花较多的钱。

对我这种穷学生而言，"兵不血刃"是很重要的。

既然约在麦当劳，那么等会干脆直接进麦当劳。

两杯可乐，一份薯条就可以打发。可乐还不必叫大杯的。

而且也不用担心吃相是否难看的问题。

记得阿泰有次和一个女孩子吃西餐，结果那女孩太紧张，刀子一切，整块牛排往阿泰脸上飞去。

所以第一次见面最好别吃饭。

如果一定要吃饭，也绝不能吃西餐。

万一双方一言不合，才不会有生命的危险。

"痞子，你来得真早。"

当我正在发呆时，有个女孩从背后轻轻拍了一下我的肩膀。

虽然早已经有了心理准备，但我仍然被眼前的这位女孩所震惊。

如果不是她的咖啡色穿着，和叫我的那一声痞子。

我会以为她只是来问路的。

在今天以前，我一直以为美女只存在于电视和电影中，或是在过马路时，匆匆地与你擦身而过。

而她，真的是很美。

有些女孩的美丽，是因人而异。

换言之，你认为美的，我未必赞同。

但我肯定没有人会质疑这个女孩子的美丽。

我没有很高的文学造诣，所以要形容一个非常美丽的女子时，就只有闭月羞花、沉鱼落雁、国色天香和倾国倾城之类的老套。

只怪我是学工程的，总希望美丽是可以用公式计算或用仪器测量的。

但美丽毕竟只是美丽。

美丽是感性，而不是理性。

在成大，故老相传着一句话：

"自古红颜多薄命，成大女生万万岁。"

如果一个女子的寿命真的跟她的美貌成反比，那么轻舞飞扬一定很短命。

这么美丽的女子，是不应该和我的生活圈子有所交集。

也许是所谓的"物极必反"吧！

正因为我极度被她的美丽所震惊，所以我反而变得很平静。

"吃过饭了吧？我们进去麦当劳里面再聊。"

"痞子，你果然高竿哦。这样不失为省钱的好方法。"

被她洞悉我的用心，我只好傻笑着装出一副无辜的样子。

看在她这么美丽的分儿上，可乐只好点大杯的，薯条也叫了两份。

"痞子，这次你请我，下次我让你请。"

开玩笑，我当然听得出她在占我便宜。

但我高兴的是，她说了"下次"。

那表示还会有下次。

我不由得感到一阵兴奋。

"痞子，你信教吗？我是虔诚的基督徒，不介意我祷告吧！"

"我是拿香拜拜的，不算信教。但我可以陪你祷告。"

"痞子，你不要学梁咏琪的广告说：希望世界和平哦。"

"当然不会。我要为我皮夹中阵亡的一百元钞票祈祷，希望它能安息。"

"呵呵，痞子。你真的是很小气。"

我第一次听见她的笑声，清清脆脆的，像炸得酥脆的麦当劳薯条。

"痞子，你看到我后，是不是很失望呢？"

看到美女如果还会失望，那看到一般女孩不就绝望得想跳楼？

"你为什么会觉得我该失望？"

"因为我跟你说过我长得不可爱呀！所以你看到我后，一定很失望。"

原来她拐弯抹角，就是想暗示说她长得其实是很可爱的。

"那为什么你要骗我说你长得并不可爱呢？"

"痞子，我只说我不可爱，我可没说我不漂亮。"

这小姑娘说话的调调竟然跟我好像。

只可惜她太漂亮，不然当个痞子一定绰绰有余。

"痞子，你长得很斯文呀！不像你形容的那样不堪入目。"

斯文？这种形容词其实是很混的。

对很多女孩子而言，斯文的意思跟呆滞是没什么两样的。

我开始打量坐在我面前的这位美丽的女孩。

美丽其实是一种很含糊的形容词，因为美丽是有很多种的。

也许像冷若冰霜的小龙女；也许像清新脱俗的王语嫣。

也许像天真无邪的香香公主；也许像刁蛮任性的赵敏。

也许像聪慧狡黠的黄蓉；也许像情深义重的任盈盈。

但她都不像。

幸好她都不像，所以她不是小说中的人物。

她属于现实的生活。

第一眼看到她时，我就被她的脸孔勾去了两魂，被她的声音夺走了六魄。

只剩下一魂一魄的我，根本来不及看清楚她身材的高矮胖瘦。

如今我终于可以仔细地看她的一切。

她很瘦，然而并非弱不禁风那种。

她的肤色很白，由于我没看过雪，因此也不敢用"雪白"这种形容词。

但因为她穿着一身咖啡色，于是让我联想到鲜奶油。

所以她就像是一杯香浓的咖啡。

她现在坐着，我无法判断她的身高。

不过刚刚在点餐时，我看着她的眼睛，视线的俯角约 20°。

我们六只眼睛（我有四只）的距离约 20 厘米。

所以我和她身高的差异 $\approx 20 \times \tan 20° \approx 7.3$。

我 171 厘米，因此她约 164 厘米。

至于她的头发，超过肩膀 10 厘米。

虽还不到腰，但也算是很长了。

等等，她不是说头发已经挑染成咖啡色了，为何还是乌黑亮丽？

"你的头发很黑啊！哪里有挑染成咖啡色的呢？"
"痞子，挑染也者，挑几撮头发来染一染是也。
"因为我觉得好玩，所以我自己染了几撮头发来意思意思。
"你觉得好看吗？"

她把头发轻轻拨到胸前，然后指给我看。
的确是"万黑丛中一点咖啡"。
而且美女毕竟是美女，连随手拨弄头发的仪态也是非常撩人。
"当然好看，你即使理光头，也是一样明艳动人。"
"呵呵，痞子。别太夸奖我，我会骄傲的。不过你是慧眼啦！"

我又听见了她的笑声。
古人常用"黄莺出谷"和"乳燕归巢"来形容声音的甜美。
但这两种鸟叫声我都没听过，所以用来形容她的声音是不科学的。
还是脆而不腻的麦当劳薯条比较贴切。
她的笑声，就像蘸了番茄酱的薯条，清脆中带点酸甜。

"你为何会偏爱咖啡色呢？"
"因为我很喜欢喝咖啡呀！我最爱喝的就是曼巴咖啡。"
"我也常常喝咖啡，但我不懂'曼巴'是什么？"

"曼巴就是曼特宁咖啡加巴西咖啡嘛！"

"哦，原来如此。那蓝山咖啡加巴西咖啡不就叫作'蓝巴'？"

"呵呵，痞子。你在美女面前也敢这么痞，我不禁要赞赏你的勇气。"

"你穿着一身咖啡色，不会觉得很奇怪吗？"

这是我最大的疑问。如果不知道谜底，我一定会睡不着觉。

总不至于爱喝咖啡就得穿一身咖啡色吧？

如果照这种逻辑，那爱喝西瓜汁就得一身红；爱喝绿茶就得一身绿；那爱喝汽水的，不就什么颜色的衣服都不用穿了？

"痞子，你听过'咖啡哲学'吗？"

"这是一家连锁咖啡店，我当然听过。"

"此哲学非彼哲学也，我的穿着就是一套咖啡哲学。阁下想听吗？"

"有……有话请讲。在下愿闻其详。"

差点忘了对方是个美女，赶紧把"有屁快放"吃到肚子里。

"即使全是咖啡，也会因烘焙技巧和香、甘、醇、苦、酸的口感而有差异。

"我的鞋袜颜色很深，像是重度烘焙的炭烧咖啡，焦、苦，不带酸。

"小喇叭裤颜色稍浅，像是风味独特的摩卡咖啡，酸味较强。

"毛线衣的颜色更浅，像是柔顺细腻的蓝山咖啡，香醇精致。

"而我背包的颜色内深外浅，并点缀着装饰品，则像是卡布奇诺咖啡；表面浮上新鲜牛奶，并撒上迷人的肉桂粉，既甘醇甜美却又浓郁强烈。"

我愣了半晌，说不出话来。

我不禁再次打量着坐在我面前的这位美丽女孩。

在今晚以前，她只不过是网络上的一个游魂而已。

只有 ID，没有血肉。

如今她却活生生地坐在我面前，跟我说话，对我微笑，揭我疮疤。

直到此刻，我才有做梦的感觉。

或者应该说是打从在麦当劳门口见到她时，我就已经在做梦了。

只是现在我才发觉是在梦境里。

"呵呵，痞子。你又宕机了吗？你 idle^① 了好久哦。"

又不是在网络上，宕什么机？

不过她的笑声倒是又把我拉回了现实。

"我在思考一个合适的形容词来赞美你的冰雪聪明。"

---

① 空闲的。这里是发呆的意思。

"狗腿也没有用哦！轮到你说你一身蓝色的原因，不然你就要认输。"

认输？开什么玩笑，蔡某人的字典里没有这两个字。

蓝色的确是我的最爱，但怎么掰呢？

她刚刚的那套"咖啡哲学"掰得真好，看来她的智商不逊于她的外表。

既然她以哲学为题，那我干脆用力学接招吧！

"因为我念流体力学，而水流通常是蓝色的，所以我喜欢蓝色……"

"然后呢？Mr.痞子，不要太逞强哦！输给美女又不是件丢脸的事。而且英雄难过美人关，不是吗？"

她轻轻咬着吸管，似笑非笑地看着我。

这招够毒。

如果我过了这关，就表示我不是英雄；但过不了这关，纵然是英雄，也只是个认输的英雄。

管他的，反正我只是个痞子，又不是什么英雄好汉。

"即使全是水流，也会因气候状况和冷、热、深、浅、脏的环境而有差异。

"我的鞋袜颜色很深，像是太平洋的海水，深沉忧郁。

"牛仔裤颜色稍浅，又有点泛白，像漂着冰山的北极海水，阴冷诡谲。

"衬衫的颜色更浅，像是室内游泳池的池水，清澈明亮。

"而我书包的颜色外深内浅，并有深绿的背带，就像是澄清湖的湖水；表面浮上几尾活鱼，并有两岸杨柳的倒影，既活泼生动却又幽静典雅。"

这次轮到她宕机了。

看到她也是很仔细地打量着我，我不禁怀疑她是否也觉得在做梦？

但我相信我的外表是不足以让她产生做梦的感觉的。

即使她也同时在做梦，我仍然有把握我的梦会比她的梦甜美。

"呵呵，痞子。算你过关了。"

"过关有奖品吗？要不然奖金也可以。"

"当然有奖品呀！我不是正在对你微笑吗？"

"这的确是最好的奖品。但太贵重了，我也笑几个还你。"

"痞子，美女才能一笑倾城。你笑的话，可能只会倾掉我手中的这杯可乐。"

※＆＠＃☆……

"痞子，我念外文。你呢？"

"弟本布衣，就读于水利。苟全成绩于系上，不求闻达于网络。"

"痞子，你干吗学诸葛亮的《出师表》？"

"我以为这样会使我看起来好像比较有学问。"

"干吗还好像，你本来就很有学问呀！"

没想到她竟开始学起我说话的语气。

但同样一句很机车①的话，为什么由她说来却令人如此舒服？

"痞子，我3月15出生，是双鱼座。你呢？"

"我11月13出生，是天蝎座。问这干吗？"

"我只想知道我们合不合嘛！"

"天底下没有不合的星座，只有不合的人。"

"够酷的回答。让我们为这句话痛快地干一杯吧！"

她举起盛着可乐的杯子，学着武侠小说的人物，作势要干杯。

看到一个活泼可爱的女孩子，学男人装豪迈，是件很好玩的事。

所以我也举起同样盛着可乐的杯子，与她干杯。

也因此我碰到了她的手指。

大概是因为可乐的关系吧！她的手指异常冰冷。

这是我第一次接触到她。

然后在我脑海里闪过的，是"亲密"两个字。

为什么是"亲密"？而不是"亲蜜"？

---

① 问题多、意见多，很挑剔的意思。

蜜者，甜蜜也；密者，秘密也。

如果每个人的内心都像锁了很多秘密的仓库，那么如果你够幸运的话，在你一生当中，你会碰到几个人握有可以打开你内心仓库的钥匙。

但很多人终其一生，内心的仓库却始终未曾被开启。

而当我接触到她冰冷的手指时，我发觉那是把钥匙。

一把开启我内心仓库的钥匙。

"痞子，那你平常做何消遣？"

她放下杯子，又开口问我。

我的思绪立刻由仓库回到眼前。

"除了念书外，大概就是电视、电影和武侠小说而已。"

"你都看哪种电影？"

"我最爱看Ａ片。"

"痞子，美女也是会踹人的哦！"

"姑娘误会了。Ａ片也者，American片是也。Ａ片是简称。"

"既然你这么说，那我们下次一起去看Ａ片吧！"

大概是她的音量有点大，所以隔壁桌的一对男女讶异地望着我们。

而她也自觉失了言，耸了耸肩膀，吐了吐舌头。

"痞子，都是你害的。"

真是的，自己眼睛斜还怪桌子歪。

"那你都不听音乐会? 或歌剧、舞台剧之类的? 美术展也不看?"
"听音乐会我会想睡觉，歌剧和舞台剧我又看不懂。

"美术展除非是裸女图，不然我也不看。

"而且如果要看裸女，*PLAYBOY*[①] 和 *PENTHOUSE*[②] 里多的是，既写实又逼真，何必去看别人画的。"

"痞子，你可真老实。你不怕这样说我会觉得你没水平?"
"子曰：知之为知之，不知为不知，是知也。

"不懂就不懂，干吗要装懂?

"更何况既然说是消遣，当然愈轻松愈好，又不是要用来提高自己的水平。"

"痞子，你真的是所谓的'一言九顶'哦。我讲一句，你顶九句。"
"哦。那我应该如何?"
"你应该开始学着欣赏音乐会，还有歌剧和舞台剧，以及美术展。"
"干吗?"
"这样我下次才有伴可以陪我去看呀!"
会的，为了你，我会学习的。

---

① 《花花公子》杂志。
② 《阁楼》杂志。

我在心里这么告诉我自己。

"痞子，我们下次也一起喝咖啡。好吗？"

"等等。你今天说了很多'下次'哦。那下次我们到底是吃饭、看A片、听音乐会、看歌剧、舞台剧或美术展，还是喝咖啡？"

"这样吧！让你选。"

"单选题还是多选题？"

"你想得美哟！只能选一样。"

"那看A片好了。"

"痞子，你应该选择听音乐会的。因为听完音乐会后，我会想喝杯咖啡。喝完咖啡后精神很好，就会想看场电影。看完电影后肚子饿了，就会想吃饭。唉！我实在是为你感到相当惋惜。"

怎么会惋惜？我倒觉得很庆幸。

不然一下子做了这么多事，我皮夹里的三军将士不就全军覆没了？

"哇！惨了，快十二点了，我得赶快走人了。"

她看一下手表，然后叫了起来。

"你该不会住在学校宿舍吧？如果是的话，已经超过十一点半了。"

"我在外面租房子，所以不担心这个。"

"那你担心什么？担心我会变狼人？今晚又不是满月。"

"痞子,《仙履奇缘》里的灰姑娘到了午夜十二点,是会变回原形的。"

"那没关系。你留下一只鞋子,我自然会去找你。"

"既然你这么说,那我只好……"

她竟然真的弯下身去,不过她却是把鞋带绑得更紧一点。

推开了麦当劳大门,午夜的大学路,变得格外冷清。

"你住哪儿?我送你。"

"就在隔壁的胜利路而已,很近。"

我们走着走着,她在一辆脚踏车前停了下来。

不会吧?连脚踏车也是咖啡色的!

"咖啡色的车身,白色的坐垫,像是温和的法式牛奶咖啡。

"这是最适合形容柔顺浪漫的双鱼座个性的咖啡了。

"痞子,轮到你了。"

她竟然还留这么一手,难怪人家说"最毒妇人心"。

不过,天助我也。因为我的摩托车是一辆老旧破烂的蓝色野狼。

"蓝色的油缸,黑色的坐垫,像是漂满油污的高雄港海水。这是最适合形容外表凉薄内心深情的天蝎座个性的水了。"

"痞子,恭喜。你可以正式开始约我了。"

到了她家楼下,她突然说出这句让我感到晴天霹雳的话。

"晴天霹雳"原本是不好的形容词，但因为我爱雨天，所以霹雳一下反而好。

"明天下午一点，这里见。我的老规矩，你先吃完饭。"
"OK，没问题。我的老规矩，你请客。"

她转身打开了公寓大门，然后再回头对我倾城一笑。
我抬起头，看到四楼由阴暗转为明亮。
我放心地踩动我的蓝色野狼，离开了这条巷子。

距离

在网络上，你根本无法看到对方的表情，听到对方的语气，

所以只好将喜怒哀乐用简单的符号表示。

但如果喜怒哀乐真能用符号表示的话，

就不会叫作喜怒哀乐了。

换言之，当对方送来任何一种笑脸符号时，

谁又能把握他正在笑呢？

因此对陌生的两个人而言，

网络有时只能缩短认识的时间而已，

未必能拉近彼此的距离。

我精神恍惚地回到系馆，爬到位于三楼的研究室。

今天才知道，一楼到三楼，共有五十三阶楼梯。

坐在电脑前，凝视着空白的荧屏，脑海里同样也是一片空白。

我所受到的训练，只是教我如何分辨亚临界流和超临界流；至于现实与梦境之分，我不晓得该用哪一条方程式去判断。

"荆轲！荆轲你竟然还能活着回来？秦王的头呢？"

幸好看到阿泰，我终于知道我现在不是在梦境里。

因为我没那么倒霉，阿泰这家伙是不可能出现在我的梦境里的。

"唉！可怜的痞子。你一定是'惊艳'了，被她的外表吓死了吧！"

"嘿嘿，阿泰，我的确是惊艳。不过是惊喜的惊，而非惊恐的惊。"

阿泰突然放下手中的两瓶麒麟啤酒，露出怀疑的眼神。

"真的假的？那岂不是一朵鲜花插在……"

我暗运内力，准备当听到"牛粪"两个字时，给他一记降龙十八掌。

"插在一个高雅的花瓶中。果真是英雄美女、才子佳人，相得益彰啊！"

阿泰果然了得，虽然有张毒辣的嘴巴，但同时还有灵敏的反应。

"痞子，说说看，长得如何？什么系的？"

"她念外文。至于长相，大概可以让你的六宫粉黛无颜色。"

"不可能吧？自从小萍那一届毕业后，外文系已经每况愈下，后继无人了。而且在我的辖区内，怎么可能会有我不认识的美女？"

"阿泰，我想你已经老了。'江山代有美女出，各领风骚好几年'。美女这东西，就像'长江后浪推前浪'一样，一浪接着一浪，数不完的。"

"说得也是。不过我实在不相信成大女生的浪会有多高。"

说真的，我也不相信。

套用一句我的专业术语，成大女生可以用"碎波"来形容。

所谓的碎波就是波浪由深海传递至浅海时，由于水深变浅所导致。

因为成大的水深太浅了，所以可算是有名的"碎波带"。

"不过美女也实在够惨。俗话说：痴汉偏骑良马走，巧妻常伴拙夫眠。由此观之，红颜果真薄命也。"

"阿泰，人家说我有才气呢。我们这算是名副其实的郎才女貌。"

"痞子，这是应酬的场面话，不要太当真。你又不是我，怎么会有才气？

"照我看来，你们算是 Beauty and the Beast，现实生活版的美女与野兽。"

"我是 Beast，那你呢？"

"我比你少一个 a，所以我是 Best。"

阿泰竟然处处跟我作对，看来他今晚的约会一定是刀光剑影。

"阿泰，你今天的约会很惨吧？"

"哦，你是说 B-161-48-34-25-33 这个女孩吗？"

阿泰摸了摸他的左脸颊："我挨了她一个巴掌。"

"哈哈哈！你一定是未经许可，就想吻她，所以才挨打吧？"

"不是的。是我得到了她的允许，却还不肯吻。"

"我是说真的，因为我不喜欢她口红的颜色。"

哇嘞！连口红颜色也挑，太挑食了吧！

难怪很多人常感叹这世间有些人一无所有，有些人却得到太多。

"痞子，俗话说：千军易得，一将难求。又说：兵贵精不贵多。所以你算是好狗运，比我幸运多了。"

"可是我觉得我没办法搞定她，她有点古灵精怪，常喜欢考我。"

"痞子，你没听说过：将在谋不在勇吗？虽然你无勇无谋，但有我这个智勇双全的人帮你，你放心好了，不要担心我的能力。"

"我担心的不是你的能力，而是你的个性。"

"痞子，别开玩笑了。'朋友妻，不可欺'，我会是那种人吗？"

"你是那种觉得'朋友妻，不欺，朋友会生气'的那种人。"

"痞子，别闹了。快告诉我，还发生了什么事？"

"反正就是聊天嘛！还能干吗？"

"那她有没有骂你？"

"她干吗骂我？我一不油腔滑调，二不毛手毛脚，又不像你。"

"痞子，那你要走的路还很长哦！"

"是吗？我又不是变态，为什么一定要挨骂才会痛快呢？"

"痞子，你有没有听过'爱之深，责之切'这句话？"

"阿泰，有屁就快放。别老是翘起屁股，然后停顿下来。"

"这句话的意思就是说，当一个女孩子爱你愈'深'时，她责备你时就愈会咬牙'切'齿。"

"那怎么办？她今天一直在笑，除了我讲 A 片时，她稍微瞪我一下。"

"那还好，聊胜于无。有瞪总比没瞪好。"

我没有告诉阿泰，即使她瞪着我，我仍然觉得她的眼神里，满是笑意。

"痞子，既然你没什么失恋的感觉，那啤酒就不用喝了。"

其实这是我跟阿泰之间的默契，酒确实是失恋时的天敌。

但是失恋程度应该和酒精浓度成反比，亦即愈是失恋，喝的酒愈淡。

不然当你失恋时是很容易酗酒的，喝太多烈酒岂不伤心伤肝又伤身？

所以我常喝酒精浓度最低的生啤酒，但特殊日子不在此限。

因此中国情人节失恋时可喝高粱，西洋情人节失恋时则喝 XO。

"痞子，我们改喝 SUNTORY① 的角瓶威士忌吧！"

---

① 三得利，日本一家以生产、销售酒精饮料和软饮为主要业务的老牌企业。

"那这两瓶麒麟啤酒呢？"

"先冰着。反正过两天你大概就可以喝了。"

"Shit！你那么有把握我一定会失恋？"

"痞子，我是就事论事，不是做人身攻击。我实在找不出你不失恋的理由。"

阿泰倒了两杯SUNTORY，金黄色的威士忌，跟他衬衫的颜色好像。

"像太阳般金黄色的酒浆，有棱有角的冰块和酒杯，这是最适合形容乐观开朗、正直坦率的射手座个性的酒了。"

"痞子，你脑袋秀逗了吗？"

"Sorry，我这是被轻舞飞扬训练出来的反射动作。看到有颜色的饮料，就得联想到星座特质。"

"痞子，那轻舞飞扬是属于什么型的？ B？ C？ H？ N？还是 T ？"

"都不像。她比较像 S 型。"

"又不是考汽车驾照，哪来的 S 型？"

"聪明慧黠型。英文叫 Smart，所以是 S 型。"

"痞子，不会分类就不要乱分。你如果说是 S 型，人家会以为是 Sexy（性感）。"

人家？大概只有你这种思想邪恶的人吧！

"阿泰，明天我要和她去看电影。有没有什么好片？"

"问我就对了。最近刚上映的《泰坦尼克号》，已经造成轰动了。而且这部片子也变成另一种判断性别的指标了。"

"判断性别？你在扯啥？"

"痞子，最近流行一句话：看《泰坦尼克》而不哭泣者，其人必不是女的。"

不会这么夸张吧？我怎么都没听过？

"痞子，你不是江湖中的人物，所以这种事你是不会知道的。

《泰坦尼克号》我已经看了三遍，当然是跟三个不同的女孩子。

"包括今晚的 B-161-48-34-25-33、昨晚的 C-163-47-33-23-32，还有上星期的 T-160-43-32-24-32。她们的第一志愿就是《泰坦尼克号》。"

"好看吗？"

"女主角胖了一点，尤其是腰部。但胸部还不错，臀部也颇具风味。"

"我是问你电影情节，你扯女主角的身材干吗？"

"哦！抱歉，我日本 AV 片看太多了。而 AV 片的好看与否，跟情节是无关的，只跟女演员的身材好坏、长相美丑与叫声大小密切相关。所以浅仓舞、饭岛爱、忧木瞳和白石瞳才会那么有名。"

"阿泰，快告诉我电影情节！别再扯一些有的没的。"

"好像就是一艘船撞到了冰山，然后开始沉没。有的人大呼小叫逃难；有的人处变不惊演奏音乐；还有人很倒霉被铐在船舱里。然后男主角沉到海底，女主角 Rose 被救起，还一直活到九十几岁。"

"那为什么女孩子看完后就会流眼泪呢？"

"我也不知道。当男主角 Jack 松开了手，沉入冰冷的海底时，电影院里就开始哀鸿遍野。"

Jack？竟然跟我的英文名字一样。

看来我以前的昵称叫"深情的 Jack"，的确有先见之明。

"阿泰，那你都不会觉得心痛吗？"

"当然会啊！当老 Rose 把那颗'海洋之心'丢到海里时，我的确很心痛。"

跟阿泰这种人讨论艺术，我可算是自取其辱了。

"不过有一点值得注意，她们看完电影后，一定会问我相同的问题。那就是：If I jump, do you jump？"

"是吗？问这种问题，不会太无聊吗？"

"疤子，女孩子最喜欢问这种假设性的问题，但却要求得到肯定性的答案。"

"那怎么办？如果照实回答，岂不自寻死路？"

"不会啊！我都会回答说：答案是肯定的。"

"你少唬我，照这种跳法，你不是早就得世界跳水冠军了？"

"痞子，我只说答案是肯定的。我又没说肯定会，还是肯定不会。我才没那么傻呢，如果她 jump，我当然'肯定'不会跳。"

"阿泰，你又在混了。"

"痞子，所以我说你要走的路还很长。这种简单明了的回答，包含了多少人生的哲理与情场的智慧。"

"是吗？"我很疑惑。

"我举个例子。"阿泰说，"如果有一天女孩子问'你会不会永远只爱我一个'时，一句'当然'就可应付过去了。但到底是当然会，还是当然不会，就只有你自己心里知道。"

"万一她很聪明，继续问你：当然会，还是当然不会？怎么办？"

"痞子，这种聪明的女孩子太少了，可遇而不可求。不过如果她真的这样问，你还是可以回答：当然会。"

"那岂不是撒谎了？"

"笨蛋！你心里想的是：我当然会不只爱你一个。这就是所谓的'返璞归真'。到了这种境界，你便不再需要任何甜蜜动听的谎言，也能够达到欺敌的效果了。"

跟阿泰喝完酒，已经快深夜三点。

不禁又开始回想起今晚和轻舞飞扬见面时的细节。

幸好我没有写日记的习惯，不然今晚发生的一切，我真不知道该如何下笔。

要不是刚刚碰到阿泰的话，这样的夜，就可以称作完美。

然而进展得如此顺利，却反而令我不安。

孟子有云：生于忧患，死于安乐。

也许我和轻舞飞扬间，只是一种"回光返照"的现象。

研究室窗外的那只野猫，又开始叫了。

虽然声音低沉了许多，但仍然是三长一短。

看来这只野猫也是很有原则的。

不过它今天的喉咙大概出了点状况。

我想我应该拿瓶京都念慈菴川贝枇杷膏给它润一下喉，而且还是那种有孝亲图样的正牌枇杷膏。

以前我总是依赖它当我的闹钟，以便准时在三点一刻上线，后来慢慢地不再需要它了。

因为时候一到，我的精神总是特别兴奋和抖擞。

如果有天没在深夜三点一刻的网络上碰到轻舞飞扬，我一定会浑身不对劲。

听说这种情形在心理学上，叫作"制约反应"。

所以我想，我大概是被轻舞飞扬"制约"了。

而那只野猫，也许是被其他的性感野猫们所制约了。

于是时间一到，它开始叫春，我也打开电脑，上了线。

":)……痞子……今天累吗？"

说我不惊讶是骗人的，说我不累也是骗人的。

尤其在心情像是坐了一次云宵飞车后，加上酒精的催化，我只想好好睡一觉。

如果不是我已经被她制约了，我是绝对不会在这时候还上线的。

而她为什么也在这时候上线？她不累吗？

难道她也被我制约了？

"好久不见了……你好吗？"

"痞子……你又吃错药了……我们才分别 3 个小时而已呀……"

"古人有'一日不见，如隔三秋'之叹，如果真是这样的话，那我们大概有 $3 \times 365 \div 8 \approx 137$ 天没见，当然可以算很久了。"

"呵……痞子……那你想我吗？"

"A. 想；B. 当然想；C. 不想才怪；D. 想死了；E. 以上皆是……The answer is E……"

"如何想法呢？"

"A. 望穿秋水不见伊人来；B. 长相思，摧心肝；C. 相思泪，成水灾；D. 牛骨骰子镶红豆——刻骨相思；E. 以上皆是……The answer is still E……"

"呵呵……;)"

看来她真的也累了。

虽然"呵"是笑声，但此刻我却觉得她在打"呵"欠。

"痞子……我们会'见光死'吗？"

其实网友一旦见了面后，结局通常都很悲惨。

就像阿泰一样，如果不甚满意，就会把她们从好友名单中剔除，免得日后在线上碰到时触景伤情，所以干脆来个眼不见为净。

如果对方先发消息来问好，阿泰就会说要去上课了、要去吃饭了、要跟朋友去玩了、要去睡觉了……然后手忙脚乱地离线。

这就是所谓"君子不立于危墙之下"的逃难法。

要不然就会说：

"真可惜，难得又遇上你。奈何造化弄人，事与愿违。现有俗事缠身，不得不走耳。只得洒泪而别，抱憾而归，肝肠寸断矣。"

这就是所谓"睁眼说瞎话"的逃难法。

"为什么网络和现实总会有那么大的差异呢？"

因为在网络上，你根本无法看到对方的表情，听到对方的语气，所以只好将喜怒哀乐用简单的符号表示。

例如笑脸符号就有“:)”“^_^”“: P”“^O^”“: ~”，等等。

但如果喜怒哀乐真能用符号表示的话，就不会叫作喜怒哀乐了。

换言之，当对方送来任何一种笑脸符号时，谁又能把握他正在笑呢?

也许他心里抱着“买卖不成仁义在”的心态，跟你应酬个几句。

因此对陌生的两个人而言，网络有时只能缩短认识的时间而已，未必能拉近彼此的距离。

“痞子……网络上的我跟现实的我……会有很大的差异吗?”

网络就像一层很安全的防护罩，不仅遮蔽了风雨，同时也挡住了阳光。

隔着这层防护罩去观察一个人，当然会有误差。

但对于你，轻舞姐姐或是飞扬妹妹，我却没有隔着防护罩看人的感觉。

或者应该说是，你根本没有这层防护罩。

现在你若送来半形符号“:)”，我仿佛能看见你微微扬起的嘴角。

你若送来全形符号“：)”，我仿佛能看见你满是笑意的眼神。

你若送来"呵"，我仿佛就能听见你那像麦当劳薯条的笑声。

所以网络不仅缩短了我们认识的时间，更拉近了我们之间的距离。

"痞子……我很希望你现在不是仿佛……而是根本就能看到我对你的微笑……"

是啊！我现在也很想看到你的微笑。

不过这也是网络上的另一特点：虽然迅速，但并不完美。

而且如果现在真能看到你，我又要被你美丽的外表所蒙蔽，于是不得不狗腿一番。

倒不如像现在一样，隔着荧屏，然后仔细去品味另一种形式的你。

"痞子……为什么你一看到我……就得称赞我的外表呢？难道你不怕我会因此而觉得你很肤浅吗？"

这哪有为什么，看到美女便称赞是属于男人的反射动作，不受大脑所控制。

我当然知道这有拍马屁之嫌，奈何我笨拙的头脑无法阻止灵活的嘴巴。

一旦我的眼睛接触到美丽的形象而传递到大脑，在大脑尚未下达指令是否该赞美时，我的嘴巴就已经决定先斩后奏了。

这叫"嘴在外，脑命有所不受"；也叫"箭在弦上，不得不发"。

而且与其不讲赞美你的话而让我觉得昧着良心，倒不如讲真话赞美你而让你觉得我很肤浅。

这也是另一种形式的"两害相权取其轻也"。

":)……痞子……我会被你训练得愈来愈骄傲哦……"

"没办法……这是孟子教我的……'余岂好赞美哉，余不得已也'……"

"痞子……今天的分量够了……:)"

"好吧……今天的赞美就到此为止……轮到你赞美我了……"

"痞子……与其讲假话赞美你而让你觉得我很肤浅……

"倒不如不讲赞美你的话而让我觉得对得起良心……

"这也叫'两害相权取其轻也'……"

现世报来得真快。

原来网络上果真什么都迅速，连报应都来得特别快。

"痞子……其实在网络上我反而更可以看清楚你真正的模样……也就是说 I see you true color……"

"I see you true color？这句话的意思是'我看你真色'？你真的觉得我很'色'吗？"

"痞子……你的英文要加强了……这是辛蒂露波的一首英文歌……true color 的意思是真正的你……而不是说你真色……"

哦！原来如此，吓我一跳。

在外文系女孩的面前得注意自己的英文程度，就像在水利系男孩的面前得记住要节约用水。

"痞子……那你能用一句话形容我的外表以及你对我的感觉吗？"

"很简单……就是'娇艳欲滴'……"

"小女子才疏学浅、资质驽钝……愿闻其详……"

"因为你'娇艳'如花……于是我口水'欲滴'……所以是'娇艳欲滴'……"

"呵呵：)……我会让你害得睡不着觉……"

差点忘了明天还有约，不能像平常一样逗她。

该让她睡了。

"你该去睡了哦……"

"再一下下就好……而且你还没告诉我……你累了吗？"

"还好……有点累……那你呢？"

"我好累呢……不过没上线跟你说晚安的话……我真的会睡不着……"

"me too……"

既然双方都很累了，为什么还要做这种无聊的事？

躺下去睡觉不是很好？

何苦一手打键盘，一手打呵欠？

我和她也许是同时想到了这层道理，所以接下来是一阵沉默。

"痞子……明天我们看哪部电影呢？"

"到时再说……反正重点是跟谁看……而不是看哪部……"

阿泰的名言，稍微修改一下，还是很好用的。

"那你明天骑车小心点……我会在楼下等你……"

"OK……冲着你这句话……我会小心的……那你爬楼梯也要小心点……"

"呵……明天见啰！晚安……:)"

"Good night、See you later、So long、Bye-bye、晚安、Sayonara、卡早睡卡有眠……"

泰坦尼克号

我不是个浪漫的人，
所以不被浪漫的情节所感动是可以理解的事。
除了 Jack 在沉入海底前跟 Rose 所说的对白：
Rose, listen to me...Listen...
Winning that ticket was the best thing
that ever happened to me...
It brought me to you...And I'm thankful,
Rose...I'm thankful...

一觉醒来，十二点半多了。

哇嘞……

今天是 1997 年的最后一天，因为是星期三，所以得穿黄色内裤。

幸好当初在成功岭的训练还算有效，洗澡刷牙加洗脸仅花了 X 分钟，而且 X ≤ 10。

不禁又开始陶醉于自己的机动敏捷。

但现在不是陶醉的时候，赶紧拿了钥匙，冲下楼去。

跨上我的野狼，在它尚未热身完毕时，我油门一催，扬长而去。

我的飙车技巧，宛如游龙与狡兔，很可惜当初没去混飞车党，或当飙车族。

突然想到昨晚答应她骑车要小心的，大丈夫岂能言而无信？

所以我在闯红灯时，很小心地注意看有没有交通警察。

瞄了一下手表，危险了！可能会迟到个几分钟。

我跟轻舞飞扬只要一相约，断无迟到之理。

连续场次的安打纪录，绝不能在这场球中断。

"人之将死，其脑也快"，急中生智的结果，将手表拨慢五分钟。

而且在接近她家的巷口时，放慢了车速。

"痞子，你早呀！"

她讲话好像有点嘲弄的味道，并举起她的左手手腕，在我面前晃一晃。

"你的手表真漂亮，果然是'帅哥骑烂车，美女戴好表'。"

"痞子，别装蒜了。你是否该说些什么呢？"

"Sorry，我疏忽了。我只注意到你的手表，竟忘了称赞你那洁白如玉的手腕。我真可说是'见木不见林'，手表再怎么漂亮，跟你的纤纤玉手比起来，就像萤火之光碰到皓月之明。不堪一击，不堪一击啊！"

"痞子，你还在装傻。你迟到3分钟了，我的手表现在是1点03分。"

"是吗？可是我的手表现在是12点58分。"

我也举起我的左手手腕，在她面前晃一晃。

"呵呵，好吧！原谅你了。"

"看哪部呢，戴漂亮手表的轻舞飞扬小姐。"

"你先说吧！调慢手表时间的痞子蔡先生。"

原来她还是知道这种手法，我只好干笑了几声。

"阿泰说《泰坦尼克号》不错，你觉得呢？"

"真巧，我室友也跟我推荐这部片子。"

"那她看完后有哭吗？"

"有呀！哭得稀里哗啦的，所以我多带了一条手帕和一包面纸。"

"那到南台戏院好吗？ 2 点 20 分有一场。"

"好，你说了就算。"

嗯，还有很多时间，仔细看一看她居住的环境。

这条巷子很静，又有一些花花草草，使这条巷子看起来很美。

果然是地灵人杰，什么人住什么环境。

这的确是个出产美女的好地方。

其实我住的地方也不错，但可惜的是巷口总会有一堆垃圾。

我想大概是因为阿泰也住在那里的关系吧！

"痞子，别发呆了。听说人很多呢，早点去买票吧！"

"好啊！走吧。你有摩托车吗？"

"没有。我只有那辆像法式牛奶咖啡的脚踏车而已。"

"那我只好用这辆像高雄港海水的野狼摩托车载你了，不介意吧？"

"我不会介意，只是会有点嫌弃。呵呵。"

她从背包里拿出了一副太阳眼镜。

不用说，镜片一定是咖啡色的。

今年台南的冬天很温暖，我在圣诞节那天还穿短袖衣服。

所以她今天的穿着很简单，米色的长裤，橘红色的线衫。

"今天不穿咖啡色的衣服了吗？"

"今天休兵一天。免得你跟我在一起时老是担心我会考你。"

"没错，这的确是认输的好借口。"

"呵呵，我不能晒太阳，只好戴副太阳眼镜。不介意吧？"

"我不会介意。只是替你美丽的眼睛觉得有点可惜。"

"痞子，别闹了。快走吧！"

坐上我的摩托车后座，她的手轻轻勾着我裤子上的皮带环。

因为那只野狼的后座并无铁杆，所以她没有任何可以抓住的地方。

阿泰常羡慕我有这种配备，他说这样一来，只要换挡时故意稍有不顺，就可以感受到后方袭来的波涛汹涌。

不过我才没那么无聊，我反而更加小心地换挡。

"今天天气真好，是吧？"

我从没有转身跟她聊天的经验，所以讲出这么老土的话是可以被原谅的。

"对呀! 今天太阳也很圆, 不是吗? 呵呵。"

她总是能用笑声适时地化解我的紧张。

"听说'迷死佛陀'(蜜丝佛陀)和'Old Lady'(欧蕾)的防晒系列不错, 下次带你去买。"

"好呀! 你买给我的话, 我就会搽。"

是非只为多开口, 烦恼皆因强出头。

古人诚不欺我也。

今天的天气真的很好, 不冷不热不湿不闷, 身在台南的确是一种幸福。

虽然说"生命诚可贵, 罚钱价更高", 但我们都没戴安全帽。

微风轻轻地吹拂, 我闻到了她身上淡淡的香气。

记得我有次坐远航的飞机, 因为忘了系安全带, 一位美丽的空中小姐弯下腰来提醒我时, 她的身上也有类似的香味。

从此以后, 我上飞机便不系安全带, 除非碰到那种空中欧巴桑。

男人也算是一种奇怪的动物, 很容易让他的视觉影响到他的嗅觉。

所以对男人而言, 凡是美女, 其人必香。

这就是所谓的"以偏概全"。

即使我很小心地换挡，但在加速与刹车之间，我们难免会有些碰触。

而且她总在我耳边轻声细语，我不知怎的，一直觉得耳根发烫。

我宁愿相信那是因为一般人呼出的气体中，含有高量二氧化碳。

虽然我知道这不是事实。

我终于能体会《倚天屠龙记》第四集里，张无忌抱着赵敏时，非常希望路能永远走不完的感觉。

进了友爱街，经过南台戏院的大门。

哇！挤了一堆人，难道今天是看免费的？

只好转到中正路，找找可以停车的地方。

"痞子，你干脆寄车好了。干吗还要绕来绕去？"

"别开玩笑了。这种行将就木的烂车，去寄车会被笑的。"

"呵呵，痞子。连这种钱也省，你真的不是普通的小气。"

果然天无绝人之路，被我瞄到了一个车位。

停好车，她把太阳眼镜收进背包里。

并从背包里拿出个咖啡色梳子和一个蝴蝶形状的发夹。

她嘴巴咬着那只蝴蝶，然后理了一下她的长发，并简单地绑个马尾。

她浅浅地对我笑着，像是对我的等待表示歉意。

而我，突然觉得她就像一只轻轻飞舞的美丽蝴蝶。

"Sorry，让你久等了。Let's go！"

"嗯。我的车子好坐吗？"

"A.不好坐；B.当然不好坐；C.好坐才怪；D.很难坐；E.以上皆是。The answer is E。呵呵，痞子，我学你学得像吗？"

"傻瓜，这有什么好得意的？好的不学，学坏的。"

"不是我不学好，而是根本没有好的让我学。这也是孟子教我的，'余岂好痞哉，余不得已也'。"

"好，我投降了。别忘了今天是休兵的日子。"

"没错，这的确是认输的好借口。呵呵。"

唉，原来她还是没忘记要回敬我。

"痞子，这里写着'禁止暂停'呢。"

要离开停车位前，她指着地上的黄色字迹告诉我。

"哦，没关系。我们不是要'暂停'，我们会停很久。"

"痞子，你又在痞了。待会儿你的野狼被人宰了怎么办？"

"不会啦！看到这么老旧的野狼，一般人会敬老尊贤，不会欺负它。"

南台戏院排队的人龙，真的很长。

2点20的电影，现在也不过才1点40而已。

而且很奇怪，几乎都是一男一女一起排队。

"你到里面看看海报，我排就好。"

别人可以搂搂抱抱、卿卿我我。她留在这里，只会让我触景伤情而已。

"不要。我要在这里陪你。"

"这样你会很无聊的。"

"跟你在一起怎么会无聊呢？让我陪嘛！"

其实我很感激这种拥挤的人潮，这样我跟她之间的距离便更近了一些。

在网络上，我们隔着荧屏；

在麦当劳，我们隔着一张桌子；

在摩托车上，我们隔着我的背影；

而在这里，我们根本没有距离。

她站在我左边，右手臂不时地碰触到我的左手臂。

我们偶尔穿插几句没有意义的对白，这种感觉好舒服。

即使买不到电影票，我也心甘情愿。

今天真好。

而让今天美好的，不仅是天气，还有此时等待的心情。

学生票一张也要 240 元，换言之，两张就要 480 元。

这次真的是受伤惨重，我皮夹里的先锋部队，已经全部阵亡了。

由于她在我左手边，而我用右手掏钱，所以我在掏钱时，不能让她有阻止我的机会，实在是一大失策。

2 点 10 分左右，买到了票。
一张是 11 排 13 号，一张是 11 排 15 号。
"哇！痞子。11 排 13 号呢，跟你生日同一天。"
"嗯，所以呢？"
"所以这个位置我要坐，这张票我要保存起来。可以吗？"

"当然可以。如果你坚持要付钱，我也会依你。"
"痞子，你别担心。今天我不会跟你争着付钱的。"
担心？我担心的是你不跟我争。

进了电影院，刚坐下没多久，灯光也正好暗了下来。
我看电影时是绝对不说话的，所以我的嘴巴也终于有了休息的机会。
接下来的三个多小时里，我仔细看着这部久仰大名且争议性强的电影。

我不是个浪漫的人，所以不被浪漫的情节所感动是可以理解的事。
除了 Jack 在沉入海底前跟 Rose 所说的对白：

Rose, listen to me...Listen...

Winning that ticket was the best thing that ever happened to me...

It brought me to you...And I'm thankful, Rose...I'm thankful...

虽然我也叫 Jack，但我比电影上的那个 Jack 幸运多了。

我不用赌梭哈，也不必冒着生命危险搭上泰坦尼克号。

我只要打开电脑，上个网，便能认识现实生活中的 Rose。

不过他比我幸运的是，他还会画画。

于是电影上的 Rose 甘愿脱光光让他画。

虽然他一副很专注的模样，好像很小心谨慎地慢慢画，但我想他一定是故意慢慢地画的。

男人嘛! 大家心照不宣也就是了。

而她，反应就不是这么平淡了。

她手上一直拿条手帕准备着，随着电影愈到最后，她擦拭眼角的频率愈高。

当 Jack 要 Rose 答应他坚持到底，绝不放弃求生的念头时，电影上 Rose 说：

"I promise...I will never let go，Jack...I'll never let go..."

她竟也跟着小声地说："I will never let go，Jack..."

而当 Jack 沉入海底的瞬间，她背包的拉链也同时打开，备用手帕正式登场。

席琳·迪翁这个娘儿们，偏偏又在片尾唱起 *My heart will go on*。

仿佛被歌声所感染，她于是"My tears will go on"。

"散场了，我们走吧。"
我站了起来，小声地跟她说。
因为我觉得此时任何一点小扰动，都会令她崩溃。
她坐在座位上，不发一语地凝视着我。

过了好久，她突然说出：
"痞子，电影终究会散场，但人生还是得继续。对吗？"
虽然我点点头，但我心里却纳闷着。
她看到我点了头，迅速地站起身子，背上背包，跟着我走出电影院。

排队入场的人，和挤着出场的人，同时聚集在电影院门口。
散场的气氛像极了泰坦尼克号沉没前，船上人员争先恐后的逃生景象。
原来我们好像只是离开了电影上的《泰坦尼克号》，而人生的《泰坦尼克号》，却依然上映着。

离开了南台戏院，她的眼泪却未离开她的脸庞。

"我们走走吧。"我说。

六点是刚入夜的时候，霓虹闪烁的中正路，也许能让她忘掉泰坦尼克号的沉没。

"嗯，好。"

她点点头，却不小心滑落了两滴泪珠。

"痞子，你签个名吧。"

她拿出那张电影票根，递给我。

"签什么？难道签'余誓以至诚，效忠轻舞飞扬小姐'吗？"

"讨厌！你签'痞子蔡'就好，反正我又不知道你的名字。"

"谁叫你不问我。"

"你也没问我啊。这叫'己所不欲，勿施于人'。"

她又在乱用成语了，我赶紧在票根背后，签下痞子蔡三个字。

她看看我的签名，闪过一丝失望的神情，但随即叹了一口气说："谢谢你，痞子。"

既然说谢谢，干吗要叹气？

我的字很拙吗？不会吧？

我们四处看看，但并没有交谈。

她突然在迪奥的专柜停了下来。

"痞子，你在连线小说版看过 Lemonade 写的《香水》吗？"

"嗯。前一阵子看过这篇短篇小说，写得还不错啊！你干吗这样问？"

我看着拿起一瓶香水端详的她，很好奇。

"这瓶迪奥的 Dolce Vita，就是男主角在女主角订婚时送她的。"她指着香水瓶上的英文字说，"他还说：Dolce Vita 是意大利文，中文的意思是'甜蜜的日子'。"

"是吗？我倒是没看这么仔细。"

"痞子，那我们今天算不算'甜蜜的日子'？"

"本来可以算是。但你一哭，就打了折。"

"那这样算是有点甜蜜又不会太甜蜜，就买小瓶的好了。"

幸好 Lemonade 写的只是香水，万一她写的是黄金或者钻石，那我就债台高筑了。

"七点多了，你饿了吗？要不要吃点东西？"

"我吃不下。你呢？"

"You eat, I eat."

她突然又怔怔地掉下泪来。

我真是白痴，她好不容易离开了泰坦尼克，我怎么又去打捞泰坦尼克的残骸呢？

"痞子，我们去大学路那家麦当劳。好吗？"

她擦了擦眼泪，勉强挤出一个笑容，向我这么建议着。

我点点头。

骑上了那只野狼，她静静地坐在我的背后，不发一语。
今晚的风，开始有点凉了。

到了麦当劳。
好巧，竟然跟昨晚第一次见面的时间一样，也是七点半。

要吃1号餐吗？她摇了一下头。
2号餐呢？她摇了两下头。
那3号餐好吗？她摇了三下头。
就这样一直摇到了最后一号餐。

所以我还是点了两杯大可和两份薯条，然后坐在与昨天相同的位置上。

"痞子，你不吃东西会饿的。"
"你吃不下，我当然也吃不下。"
这就是逞强的场面话了。
因为到现在为止，我今天还没吃过东西。

我咬了一口薯条。
奇怪？今天的麦当劳薯条竟然不再清脆甜美，反而有点松软苦涩。

原来当她的笑容失去神采时，麦当劳的薯条便不再清脆。

"痞子，为何你会叫 jht 呢？"

"j 是 Jack，h 是 hate，t 是 Titanic。jht 即是 'Jack hate Titanic' 的缩写。"

"你别瞎掰了。"

"其实 jht 是我名字的缩写，不过看在 Titanic 让你泪流的面子上，我这个 Jack，自然不得不 hate 它了。"

"痞子，你不能 hate Titanic。你一定要 help Titanic，或者 hold Titanic。"

Hate？ Help？ Hold？

自从看完 Titanic 后，她就常讲一些我听不懂的话。

难道外文系也念哲学？

然后她就很少说话了。

偶尔低头沉思，偶尔呆呆地看着我。

为什么我要用"呆呆"这种形容词呢？

因为她好像很想仔细地看着我，但又怕看得太仔细。

这种行为不是"呆"是什么？

蠢？笨？傻？

外面的大学路，开始人声鼎沸了。

"痞子，大学路现在为什么这么热闹呢？"

"今天是 1997 年的最后一天，大学路有跨年晚会。待会儿去看？"

"好呀！可是我想现在去呢。"

我二话不说，端起了盘子，指了指她的背包。

正在胡思乱想间，天空突然下起了一阵雨。

我不假思索，拉起了她的手，往成大成功校区警卫室旁的屋檐下奔去。

因为怕她多淋到几滴雨，情急之下做出这种先斩后奏的行为。

子曰："不教而杀谓之虐。"由此观之，我的确是个很残忍的人。

不过幸好我叫痞子，所以不必为不够君子的行为背负太多良心上的谴责。

这是我第二次接触到她的手指。

和第一次时的感觉一样，她的手指仍然冰冷异常。

上次可能是因为冰可乐的关系，这次呢？

也许是雨吧？

或者是今晚的风？

警卫室旁的屋檐并没有漏，但我现在却觉得"屋漏偏逢连夜雨"。因为我看到了阿泰。

这种可以跳舞的场合自然少不了阿泰，就像厨房里少不了蟑螂。

不过他从不携伴参加舞会。

因为他常说："没有人去酒家喝酒还带瓶台湾啤酒去的。"

这话有理。

舞会上充斥着各种又辣又正的美眉，什么酒都有。

干吗还自己带个美眉去自断生路呢？

如果美眉可以用酒来形容，那阿泰是什么？

阿泰说他就是"开罐器"。

"痞子，你好厉害。竟然带瓶'皇家礼炮21响'的XO来。"

"别闹了，阿泰。这位是轻舞飞扬。"

"你好，久仰大名了。痞子栽在你的石榴裙下是可以瞑目的。"

"呵呵，阿泰兄，我对你才是久仰大名、如雷贯耳呢！"

"是吗？唉，我已经尽可能地掩饰我的锋芒了。奈何事与愿违，没想到还是瞒不过别人识货的眼光。罪过，罪过啊！"

她轻轻笑了两声，然后说："我常在女生宿舍的墙壁上看到你的名字哦！"

阿泰的眼睛瞬间亮了起来，兴奋地说：

"是吗？写些什么呢？一定都是些太仰慕我的话吧！"

"不是哦。通常写'阿泰，你去吃屎吧！'。"她强忍住笑，接着说，"而且都写在厕所的墙壁上。"

"哈哈。"阿泰笑得有些尴尬，"轻舞兄，你和痞子都好厉害哦！"

我也笑得说不出一句话来。

照理说阿泰是我的好友，我应该为他辩解的。

我这样好像有点见色忘友，不过事实是胜于雄辩的。

金黄色的射手阿泰、蓝色的天蝎痞子，和咖啡色的双鱼轻舞飞扬，就这样在警卫室旁的屋檐下聊了起来，直到雨停。

这是我们三个人第一次，也是最后一次聚在一起。

"痞子、轻舞兄。雨停了，我去狩猎了，你们继续缠绵吧！"

走得好！我不禁拍起手来。

再聊下去，我就没有形象了。

"痞子，你拍手干吗？"

"哦，刚刚放的音乐真好听，不由自主地想给它小小地鼓励一下。"

"你少胡扯。你怕阿泰抖出你的秘密吧？"

我有秘密吗？

也许有，也许没有。

但在我脑海的档案柜里，最高的机密就是你。

这个跨年晚会是由一个地区性电台主办的，叫 Kiss Radio，频道是 FM97.1。

为什么我记得是 FM97.1？

因为它广告的时间比播歌多，难怪叫"广播"。

节目其实是很无聊的，尤其是猜谜那部分。

"台南市有哪些名胜古迹？请随便说一个。"

哇嘞！怎么问这种蠢问题？蠢到我都懒得举手回答。

竟然还有人答"安平金城"，我还"亿载古堡"咧。

至于跳舞，我则是大肉脚。跳快舞时像只发情的黑猩猩。

"痞子，我不能跳快舞。所以不能陪你跳，Sorry。"

"那没差。反正你叫'轻舞'，自然不能跳快舞。"

"希望能有 *The Lady in Red* 这首歌。"

"不简单哦！这么老的英文歌，你竟然还记得。"

"前一阵子在收音机中听到，就开始爱上它了。"

原来如此。

不然这首歌流行时，她恐怕还在念小学吧！

其实我也很喜欢这首歌，尤其是那句"took my breath away"。

我以前不相信为何舞池中那位红衣女子转身朝他微笑时，竟会让他感到窒息。

直到昨晚在她家楼下，她上楼前回头对我一笑，我才终于得到解答。

不过这首歌如果改成"The Lady in Coffee"，该有多好。

最好这首歌不要被阿泰听到，不然他一定改成"The Lady in Nothing"。

终于到了倒数计时的关键时刻，这也是晚会的高潮。

在一片欢呼声中，我们互道了一句：新年快乐。

她是学外文的，为何不学外国人一样，来个拥抱或亲吻呢？

不过话不能这样讲，我是学水利的，也不见得要泼她水吧！

"明年我们再来？"我问。

"明年？好遥远的时间哦。"

又在说白痴话了，她大概累坏而想睡了吧？

送她回到她住的那条胜利路巷子，远离了喧闹。

与刚刚相比，现在静得几乎可以听见彼此呼吸的声音。

"痞子，你还记得《香水》中提到的正确的香水用法吗？"

我摇了摇头。

我怎么可能会记得？我又不用香水。

"先搽在耳后，再涂在脖子和手上的静脉，然后将香水洒在空中，最后是从香水中走过。"

"真的假的？这样的话，这小瓶香水不就一下子用光了？"

"痞子，我们来试试看好吗？"

"我'们'？你试就好了，我可是个大男人。"

她打开了那瓶 Dolce Vita。

先搽在左耳后，再涂在脖子上和左手的静脉。

然后还真的将香水洒在空中……

哇噻，很贵耶！

最后她张开双臂，像是淋雨般，仰着脸走过这场香水雨。
"呵呵，痞子。好香好好玩哦！轮到你了。"
她开怀地笑着，像个天真无邪的小孩。

此时别说只叫我搽香水，就算要我喝下去，我也不会皱一下
眉头。
我让她把香水搽在我的左耳后，以及脖子上和左手的静脉。
这是我第三次感觉到她手指的冰冷。
是香水的缘故吧！我想。

"痞子，准备了哦，我要洒香水啰！"
我学着她张开双臂，仰起脸，走过我人生的第一场香水雨。

"痞子，接下来换右耳和右手了。"
哇噻，还要再来吗？我赚钱不容易耶。
在我还来不及心疼前，她已经走过了她的第二场香水雨。
而这次她更高兴，手舞足蹈的样子，就像她的昵称一样，是
一只轻舞飞扬的蝴蝶。

深夜的胜利路巷子内，就这样下了好几场香水雨。
直到我们用光了那瓶 Dolce Vita。

"Dolce Vita 用完了，这个甜蜜的日子也该结束了。痞子，我上去睡了。今夜三点一刻，我不上线，你也不准上线。"

"为什么？"

"你在中午 12 点上线时就知道了。记住哦！只准在中午 12 点上线。"

她拿出钥匙，转过身去打开公寓大门。

就在此时，我看到她的后颈，有一处明显的红斑。

如果不是因为她今天将长发扎成马尾，我根本不可能会看到那处红斑。

她慢慢地走进那栋公寓。

在关上门前，她突然又探头出来浅浅地笑着。

"痞子，骑车要小心点。"

在我尚未来得及点头前，门已关上。

我抬起头，想看看四楼的灯光是否已转为明亮。

等了许久，四楼始终阴暗着。

阴暗的不只是在四楼的她，还有骑上野狼摩托车的我。

回到了研究室，阿泰闻到了我身上的香味，劈头就问："痞子，你身上为何这么香？你该不会真的跟她来个'亲密接触'吧？"

我没有搭腔。

打开冰箱，拿出了那两瓶麒麟啤酒，一瓶拿给阿泰。

我和他就这样静静地喝掉了这两瓶啤酒。

喝完了酒，阿泰拍了拍我的肩膀，然后离开研究室。

消失

你收到这封邮件的同时……

我应该正在远航往台北的班机上……

你能感受到我在两万英尺的高空中对你微笑吗？……：）

也许今天的飞机无法爬升到两万英尺……

因为我的心情很沉重……：（

我关上了灯，让黑暗将我包围。

因为我希望能想象她也同时在黑暗中的感觉。

原来人在黑暗中，最容易感受到的，就是孤单。

她现在一定很孤单。

但我又该如何陪伴她呢？

在半梦半醒间，我仿佛看见一只美丽的蝴蝶，在火海中化为灰烬。

而那处红斑，亦由淡红渐渐转变为赤红，最后变成血红，将我吞噬。

是那瓶冰啤酒的缘故吗？我突然全身发冷。

而那股凉意，竟直透内心深处。

随着时间愈接近三点一刻，我的心跳频率愈快。

用 guest（游客身份）上线吧！

因为我是 jht，所以用 guest 上线不代表"我"上线。

上了线，query（查询）一下她，果然不在线。

我心脏的跳动速度虽快，但心脏的温度却依然很低。

好不容易熬到了中午12点，我兴奋而又紧张地以 jht 上了线。
但她却不在线上。
于是在线好友名单中，只有 jht 一个人，孤单地等待着
FlyinDance。

然而却有她寄给我的一封邮件。

※

发信人：FlyinDance（轻舞飞扬）
标　题：1998/01/01
日　期：Thu Jan.1 10：43：29 1998

Dear jht：
原本只是想在黑暗中沉淀自己的思绪……
仔细品味我们共同拥有的回忆……
没想到在一片黑暗中……我只感受到孤寂……
尤其当听到你野狼摩托车的呼啸声愈来愈远时……
我不争气的眼泪再度滑落……
痞子……你能体会我的孤单吗？

我还是无法克服长久以来的习惯……
所以我在三点一刻时偷偷用 guest 上了线……

不怪我吧……:P

我 Query 一下你……你果然不在线上……

该庆幸我对你的信任不是一厢情愿?

还是该叹息呢?

天已经亮了……

嗯……是该离开的时候了……

应该带点跟你有关的东西……就带着那张电影票根吧……

然后呢?

我想带的带不走……不该带的却甩不脱……

你收到这封邮件的同时……

我应该正在远航往台北的班机上……

你能感受到我在两万英尺的高空中对你微笑吗?……:)

也许今天的飞机无法爬升到两万英尺……

因为我的心情很沉重……:(

去看我信箱中的邮件吧……

那记录着我们相识以来的点点滴滴……还有我在 BBS 写的
日记……

说是日记……好像有点不妥……

因为我只在几个特别的日子里记录心情而已……

请你按照顺序阅读……读完后或删或留……决定权在你……

因为我大概没有机会上线了……

密码是我的生日……19760315……

去看看吧……

FlyinDance

P.S. 痞子……别发呆了……快去!

没想到她连我的发呆都算得出来,果然是 S 型的女孩子。

我赶紧以 FlyinDance 上了线。

信箱中的邮件只有 jht 和 FlyinDance 这两个 ID 为发信人。

我没有心情去看我以前寄的邮件,直接去看她的第一篇 BBS
日记。

　　※

发信人:FlyinDance(轻舞飞扬)

标　题:1997/09/18

日　期:Thu Sep.18 23:22:47 1997

今天是开学的第一天……

可耻的成大……竟然选择这个九一八事变发生日开学……

摆明了不尊重惨遭日军屠杀的同胞嘛……

为了纪念无辜受害的同胞……

我今天特地逃学一天以表示哀悼……

我在榕园内坐着……觉得很无聊……干脆就在校园里逛了起来……

穿过地下道……来到属于工学院地盘的成功校区……

走在"工学院路"上……两旁的树木既雄伟又俊美……

阳光从树叶间轻轻洒了下来……

这种温柔的阳光是我所能享受的极限……

我不禁哼着歌……轻轻舞动起来……

而这里的男生则充满了朝气……有别于文学院男生的书卷气息……

信息大楼看起来蛮壮观的……给它个面子……本姑娘大驾光临也……:)

一大堆人在玩 BBS……我也去凑个热闹……

并在成大资研站注册个新 ID……

自从本姑娘的出现推翻了"网络无美女"的定律后……

以前的 ID 就常遭很多无聊的男性 ID 骚扰……:(

每次上线……信箱里就有一堆邮件……

内容都是想跟我交个朋友……

有的炫耀文笔；有的自以为幽默；

有的假装诚恳；有的故作潇洒……

哼！我才不稀罕呢……:~

这都怪室友小雯啦……每次去见网友都要拉我去……

她说这叫分担风险……免得她被一大堆"青蛙"吓到……

结果被吓到的反而是我……:(

在网络上……男生称霉女为"恐龙"……女生则称菌男为
"青蛙"……

男生说"网络无美女"……女生则反驳说"网络青蛙满
地爬"……

偏偏有些青蛙还自以为是王子……巴望得到公主一吻而变回
王子……

小雯说青蛙就是青蛙……即使美女陪他上床睡觉……他也还
是青蛙……:)

那么该换个什么样的 ID 跟昵称呢？

想起刚刚在工学院路上的轻舞……愉悦的心情再度浮现……

年轻真好……^_^

就叫作"轻舞飞扬"好了……ID 则为 FlyinDance……

I am Flying in Dancing！

我也以这种心情为蓝本……写下了我的 plan……

希望我永远年轻而飞扬……

今天真好……离开教室是对的……:P

※

发信人：FlyinDance（轻舞飞扬）

标　题：1997/09/22

日　期：Mon Sep.22 23:14:52 1997

小雯晚上又跑出去约会了……留下我一个人看着电视……:(

电视新闻说陈进兴在永和与警方对峙……

结果双方不开一枪一弹……而且还让他逃脱……

幸好我不在永和的家中……不然我今晚一定会睡不着觉……

我上了线……新 ID 新气象……到各版去晃晃……

我还跑到从不去逛的 mantalk 版……听听青蛙们的叫声……

有篇文章蛮有意思的……我留意了一下作者……他叫 jht……

真逊！什么 ID 嘛！

j、h、t 三个字母没有一个是元音……多难念呀！

我是念外文的……实在无法忍受这种英文程度近乎无知的

ID……

而他的昵称更是白痴……竟然叫"痞子蔡"！

逊加 est……

小雯说青蛙的昵称如果好听未必是好……

但如果难听的话就一定是坏……

所以我想他一定是只癞蛤蟆……^_^

偷偷去 query 一下他的 plan……却看出了趣味……

他说：

"如果把整个太平洋的水倒出，也浇不熄我对你爱情的火焰。

整个太平洋的水全部倒得出吗？不行。所以我并不爱你。"

如果让小雯看到的话……一定会说他在放屁……

但我是淑女……所以我保留不说脏话的权利……:P

这家伙是个怎样的人呢？

真的是痞子，还是只是个英文白痴？

为什么他有天使般的文笔……却有魔鬼般的昵称呢？

我到处去找他的文章……

这只癞蛤蟆蛮会跳的……很多版都有他的文章……

Letter 版、Story 版、Baseball 版……

甚至还跑到"恐龙"大本营的 Ladytalk 版来鬼叫……

难道不怕被"恐龙"一脚踩扁？

反正也是无聊……于是我发邮件给他……

告诉他我觉得他的 plan 很有趣……:~

在结束今天的日记前……我心里一直纳闷着……
因为这是我第一次主动发邮件给一个完全陌生的 ID……
我为什么会有这种勇气跟冲动呢？被小雯带坏吗？
真的只是因为我"反正也是无聊"的缘故？

※

发信人：FlyinDance（轻舞飞扬）

标　题：1997/09/30

日　期：Tue Sep.30 23:48:06 1997

今天下午跟小雯到东丰路那家"翡冷翠"喝下午茶……
气氛很舒服……:）
一楼只有我们两个客人……

我点了一杯有薰衣草风味的茶……真是难得难得……
因为我超爱喝咖啡……从未在下午茶的时间里真的喝茶……
大概是被店员殷勤且具说服力的一番话所影响吧！

今晚上线时……收到了属于 FlyinDance 的第一封邮件……
是那个英文白痴癞蛤蟆 jht 寄来的……
他说他等了几天……希望能在线上碰到我……
奈何天不从人愿……只好含恨寄邮件……

天怎会不从人愿？

也许是老天比较听我的话哦……:P

他说为了证明我有先见之明……他会努力训练自己成为一个
有趣的人……

训练? 有趣能用训练的吗?

看来他的脑袋有问题……

真可怜……身为一个研究生却没有智商和英文程度时……

的确值得同情……:)

不过他的邮件跟他在版上发布的帖子……有很大的差异……

他的帖子内容非常阳刚……往往是一针见血而不留余地……

但他的邮件……却有种温柔纤细的味道……

好像是……好像是……

好像是下午的那杯薰衣草花茶……:)

※

发信人: FlyinDance (轻舞飞扬)

标　题: 1997/10/05

日　期: Sun Oct.5 23:50:35 1997

难得的一个假日……更难得的是……小雯今天竟然没有
约会!

我和她到新光三越百货去逛逛……因为13楼有皮包特

卖会……

午餐也在三越解决……韩式豆腐辣汤面……辣得小雯流出了眼泪……

她说辣妹实在不应该再吃辣……不然就会辣上加辣……

未辣人先辣己……^_^

我看上了一个咖啡色的背包……它的颜色、装饰品与外形……

让我联想到卡布奇诺咖啡……

我毫不犹豫地买下了它……

背上了这个背包……

就像啜饮一杯甘醇甜美却又浓郁强烈的卡布奇诺咖啡……

嗯……真好……:)

有点像谈恋爱的感觉……不是吗？……:P

成大资研站从10月1日晚上就开始宕了……

一直宕到昨天晚上才恢复正常……竟然连续宕了三天！

这三天中……我千方百计地想连上资研……

资研站有宝吗？

我又没有得BBS症候群……为何非得上线呢？

即使想看文章……到别站就好了呀！为何一定要上资研站呢？

难道只因为资研站有 jht 这只癞蛤蟆?

今天终于收到他寄来的第二封邮件……我有如获至宝的感觉……

将他的邮件看了一遍又一遍……

我的心也不由自主地轻快起来……:)

突然好想喝一杯香浓的卡布奇诺……

※

发信人: FlyinDance (轻舞飞扬)

标　题: 1997/10/10

日　期: Fri Oct.10 23:53:26 1997

今天我特地睡到下午两点多……: ~

其实都怪那只青蛙啦! 上线时间总是在三更半夜……

不……正确的说法应说是在四更尾……

昨晚特地等他的……我还跟亲爱的上帝祷告……希望能遇见一只青蛙……

等到凌晨两点左右……不小心就睡着了……

Idle 了 40 分钟……就被踢下站了……

更气的是……他就在三点上线……然后寄给我第 6 封邮件……:(

他说希望我今天快乐……

快乐个头！难道他不知道有飞机坠机了吗？

这个大笨蛋……莫非他的脑袋出了毛病……

真是讨厌……半夜不睡觉在干吗？……:(

难得有今天放假、明天没课、后天再放的三天假期……

搞不好本姑娘心情好……可以跟他见个面呢……:~

哼！今晚别指望我再等他了……:(

咦？今天我怎么不称呼他为癞蛤蟆，而改叫他为青蛙呢？

还有……为什么我会等他呢？为什么我会想见他呢？

难道说我……我……我会想念他？

※

发信人：FlyinDance（轻舞飞扬）

标　题：1997/10/25

日　期：Sat Oct.25 23:38:28 1997

我开始学着"乱枪打鸟"了……

他实在很难捉摸……有时两三天不上站……有时一天上站好

几次……

奈何我这个猎人枪法笨拙……只能多开几枪以增加命中的

124

概率……

可是我就是打不中这只笨鸟……:(

刘备对孔明也只不过是三顾茅庐……

而我已经顾到连茅庐都会不好意思了……

他这只笨青蛙没事干吗学孔明呢?

唉……也许我的名字叫白天……而他的名字却叫黑夜吧……:(

收音机里刚好传来黄小琥唱的《不只是朋友》……

或许我也是如此……我想要的"不只是邮件"……

我的青蛙王子……你的生活作息能不能正常一点呢?

今天是台湾光复的日子……

但我的心……却开始沦陷了……

※

发信人：FlyinDance（轻舞飞扬）

标　题：1997/11/08

日　期：Sat Nov.8 23:36:42 1997

今天是他从香港回来的日子……

他上封邮件只告诉我说要去香港……但没说去几天……

没想到一去就是五天……

而且当我看到邮件时……他已经在泰航往香港的班机上了……

我其实是很生气的……因为我不知道他什么时候会回来。

昨天上线时……看到他的上站次数还是没增加……

笨痞子、臭青蛙……你到底回不回来嘛?……:(

所以刚刚上线收到他的邮件时……我竟然有股想哭的冲动……

他说他去了很多地方……包括太平山和维多利亚港……

他还说太平山上的星星一定没有我的眼睛明亮……

而维多利亚港的灯光也一定没有我的笑容灿烂……

哼!出去玩了这么多天……就想凭这两句甜言蜜语打发我?……:(

而且他没看过我……又怎会知道呢?

搞不好我的长相比太平山上的猴子还要恐怖……

而我的笑声比维多利亚港轮船的汽笛声还要刺耳呢!……:~

不过……看在他乱猜竟也猜对的面子上……

我也就不忍苛责了……*^_^*

他说今天是长江三峡进行截流合龙工程的日子……

这在他们水利工程界……是件空前的大事……

我才不管什么是截流或合龙呢……:(

我在意的是……他跟我何时才能"合流"？

不再像两条平行流动的河流般……永远没有汇流点……

※

发信人：FlyinDance（轻舞飞扬）

标　题：1997/11/13

日　期：Thu Nov.13 23:33:56 1997

幸好今天是星期四……只差一天就是黑色星期五……

好险……:)

他早上的邮件说……今天是个非常特别的日子……

为何特别？他倒是没提……

难道是他生日？也许是吧……

在这种日子出生确实是没什么好骄傲的……

所以也难怪他不敢说……:P

他还说他很欣赏我的 plan……为了庆祝这个特别的日子……

所以他改了几句：

　　我大声地咆哮，在寂静的教室之中。

你投射过来异样的眼神。

同情也好，不爽也罢，

并不曾使我的声音变小。

因为令我度烂①的，不是你注视的目光，

而是我被当的流力。

我的手捂着嘴巴……笑出了眼泪……

不知道这算不算是"喜极而泣"？

哼！竟敢乱改我的 plan……:(

此仇不报非淑女……我下次也要改他的 plan……

而且一定要让他流下更多的眼泪……:P

他到底为什么会觉得今天特别？

对他而言……什么样的日子才叫特别？

其实对我而言……每个收到他邮件的日子……都很特

别……:)

---

① 不喜欢，不高兴，看不惯。

128

※

发信人：FlyinDance（轻舞飞扬）

标　题：1997/11/23

日　期：Sun Nov.23 23:58:06 1997

今天一大早……小雯开着她那辆红色喜美……载我到垦丁去玩……:)

我穿着一整套咖啡色系的衣服……还背上我的卡布奇诺……

小雯骂我神经……哪有人这样穿的?

她笑我已经中咖啡的毒了……

可我就是喜欢……: P

垦丁公园真的好美……可惜有些人为的匠气……

不如社顶公园的浑然天成……

我在社顶公园那片大草原上……留下了我的影子……

小雯说从照相机的镜头里看过去……就好像看到了一杯咖啡……

呵呵……这就是我要的感觉……:)

有两个男生过来搭讪……: (

他们说：

"今天的天气很好叫 sunny……两位小姐很美丽叫 beauty……气质也非常动人叫 pretty……若能与你们共游则会很

快乐叫 happy······"

小雯则回答说：

"天气突然变差了叫 rainy······两位先生长得不怎么样叫 ugly······看到你们我开始不爽叫 angry······再不快走老娘就会抓狂叫 crazy！"

呵呵······我怎么会有小雯这样的好友呢？······:)

更难得的是······我仍然能出淤泥而不染······保持我的温柔本性······:P

今天真的很高兴······

天气好，风景好，要是身旁有个牵挂的他更好······*^_^*

虽然回到台南已经很累了······我还是上线写下今天的心情······

也收到了他寄来的第 20 封邮件······

今天真好······从头到尾都是······:)

希望他也很好······如果他不好的话······我分一点好给他······:~

※
发信人：FlyinDance（轻舞飞扬）
标　题：1997/12/03
日　期：Wed Dec.3 23:19:46 1997

妈昨晚又打电话来劝我办理休学……

哎呀！这是我大学时代的最后一年……就这么放弃不是很可惜？

何况医生也说我现在是缓解期……

只要不过度疲劳和避免日晒过多即可……

虽然知道妈很担心我……

但我不喜欢她老把我当任性的小孩般看待……:(

好烦哦！睡也睡不着……都三点一刻了呢……:(

小雯一定在熟睡……只好上线去晃晃吧……

咦？竟然让我看到 jht 这只笨鸟……

呵呵……瞄准了他……我扣了一下扳机……

这次他跑不掉了吧！……:P

他说他心情也不好……刚好跟我来个负负得正……

是吗？搞不好会让我雪上加霜哦！……:~

不过他真会掰……竟掰得我不好的心情烟消云散……

而且他竟然知道我留长发以及不常穿裙子……实在有点诡

131

异……:D

不知怎的……跟他聊天真是轻松……:)

烦闷的心情一去……睡意就跟着来……

但我怎能就这样放过他?

嘿嘿……所以我约他早上 10 点再聊……

今天早上他跟我说他对浪漫的看法……

他在电脑另一端说着……我则在电脑这一端笑着……:)

好好玩哦! 我不禁想象吟着叶慈的诗时……踩到狗屎的感觉……:D

他还说浪漫爱情小说的男主角可分为粗犷型、斯文型、艺术型与颓废型……

说得也是……像他这种痞子型的男人大概只会出现在恐怖小说里……:P

他果然不一样……看法总是那么鲜明有趣……

只可惜小雯提醒我该吃午饭了……不然我还想再听他掰……:(

嗯……今晚决定再等他……

我好喜欢在线上叫他痞子的感觉……:)

为了怕睡着……我准备要煮杯浓浓的曼巴咖啡……

他明天凌晨还会上线吗？

还有……当我第一次看到他也在线上时……

我敲键盘的手指好像有点颤抖……

是兴奋吗？还是紧张？

1997 年 12 月 3 日的深夜……

天冷……想念一个人……

于是不冷……:)

※

发信人：FlyinDance（轻舞飞扬）

标　题：1997/12/04

日　期：Thu Dec.4 23:28:15 1997

我在半夜两点多上线……等着等着……

收音机传来 *The Lady in Red* 的旋律……

男歌者极富磁性的嗓音……在这寂静的夜里……更具魅力……

　　当他唱到那句"took my breath away"时……痞子上线了……

　　天呀！是歌声的关系吗？我真的感到一阵窒息……

　　我问他网络上的邂逅如何。

因为我想知道他如何看待我们之间的关系……

他说网络的出现产生了三种人……

然后滔滔不绝地阐述这三种人的特色和差异……

我静静地看着他传送过来的文字……

幻想着他口沫横飞的模样……

嗯……我突然好想看到他……*^_^*

他说我们都是第二种人……不甘心接受酸柠檬的个性……

而想成为甜美的水蜜桃……

或许是吧……因为我真的很羡慕小雯敢拼爱冲的白羊座性格……

我轻轻拨弄我的头发……在他说出我可能"时日无多"时……

我掉落了几根头发……

我摸了摸那些掉落的头发……手指好像被电击……

不会的……医生说我得的只是慢性病……不是绝症……

我仍然可以像正常人般生活……

可是……我真的可以吗？

尽情地挥洒年轻……舞动青春……

真的是我无法实现的希望吗？

我该不该听妈的话休学回台北？

可是回台北后……我还能看到他吗？

不……我不要……我想看他！

于是我学电视上的广告词……送给他一句：

"伊莎贝尔……我们见面吧！"

然后紧张地等待……直到他送来一句："OK。"

看了看窗外……天微微地亮了……

黑夜总会过去……但我心头的阴影……何时才会散去？

※

发信人：FlyinDance（轻舞飞扬）

标　题：1997/12/13

日　期：Sat Dec.13 23:41:13 1997

自从上次在线碰到痞子后……我便习惯在深夜三点一刻上线……

这算是我们之间的默契吧……

小雯常问我他是谁。我只笑笑地说他是痞子……

倒不是因为 jht 这个没有元音的 ID 说出来会丢脸……

只是他是我心底最深处的秘密……我想自私地霸占着……:P

我们都聊些什么呢?

反正他就是很会掰……所以也不愁没话讲……:)

我常转述他的话给小雯听……

小雯说他快可以拿到诺贝尔唬烂奖了……:)

可是为什么他都不问我的名字呢? 他都不好奇吗?

小雯说我可能碰到江湖高手了……

才不是呢……痞子不是这种人……:~

虽然已经说好要见面……但他不提细节……我也就赌气不提……:(

我是女孩子呀! 总不能不学会矜持吧……:~

他对我而言……就像是一面镜子……

我常在他身上看到我的个性……尤其是好强这个特质……

于是不知不觉地……总喜欢处处跟他争强斗胜……:P

谁也不肯先问对方名字……谁也不肯先提见面细节……

刚刚在线上看到一篇名为《香水》的小说……

我果然是浪漫的双鱼女子……

很想学着故事中的女主角在 Dolce Vita 的香水雨中走过……

如果那时他也在身旁……一定很甜蜜……*^_^*

※

发信人：FlyinDance（轻舞飞扬）

标　题：1997/12/24

日　期：Wed Dec.24 23:44:31 1997

嗯……今晚就是平安夜了……

街道上洋溢着过节的气氛……很舒服……

尤其是收到痞子寄到我 E-mail 信箱的电子贺卡时……

我更觉得平安喜乐……:)

我和小雯打赌谁收到的圣诞卡片较多……结果到今天为止……

我饮恨败北……:(

没办法……小雯的长相和身材可谓"有口皆碑"……输给她不算丢脸……:~

所以只好请她吃圣诞大餐了……

我们去吃岩烧……在 400 摄氏度的高温石头上煎牛排……别有一番风味……:)

小雯说要到光复校区中正堂的圣诞舞会去跳舞……我不禁犹豫起来……

其实小雯应该知道我的病不允许我做剧烈运动……

可是我又不好意思扫她的兴……只好舍命陪辣妹了……:P

一到光复校区门口……我们被排队进中正堂的拥挤人潮吓住了……

天呀！这么多人要排到什么时候呢？

幸好小雯交游广阔……看门的同学也是她的裙下败将……

因此我们就顺利溜进去了……:)

小雯今天穿着一条红色紧身马裤……

还有那件在 MasterMax 买的暗红色线衫……

昨晚我们特地去买染发剂……我将头发挑染成咖啡色……

她则挑染成红色……

所以如果说我像一杯"曼巴咖啡"的话……

那么小雯就是一杯"血腥玛丽"了……^_^

我不跳快舞的……

只在偶尔穿插的慢舞旋律中……和小雯翩翩起舞……

这情景……算不算是"美酒加咖啡"呢？……:)

小雯的舞技高超……总是容易成为舞池中被注视的焦点……

看她兴奋地流着汗水……我好羡慕……

我的病让我不能从事剧烈运动……也要避免日晒过多……

但一个年轻人若不能在舞池中挥洒汗水……或在阳光下展露笑脸时……

那么年轻又有何意义？

"流汗"这么简单的事情……对我而言竟然如此奢侈……

痞子说得没错……我果然是"希望"能够轻舞飞扬的第二种人……

我告诉小雯……我人不太舒服……

于是先行离开那个不属于我的场所……

我慢慢走回胜利路……汗水没流成……却流下了几滴泪水……

离三点一刻……还有三个多小时……他的平安夜不知道过得如何?

如果他现在能立刻出现在我面前……那该有多好……

不是说平安夜里充满奇迹吗?

亲爱的上帝……可以帮我实现这个奇迹吗?

※

发信人:FlyinDance(轻舞飞扬)

标　题:1997/12/30

日　期:Wed Dec.31 02:16:38 1997

在记录今天的心情前……得先吐口气……试着放松……

原本提醒自己11点前要回家的……

这样我才能及时完成今天（12 月 30 日）的"心得报告"……

结果灰姑娘还是无法在午夜 12 点前回家……:P

今天凌晨上线碰到他时……他说他感冒了……害我担心了一下……

原来是他又在耍痞……

哼！真是的……:(

但他竟然开始暗示我该讨论见面的细节了……

呵呵……终于……

将近一个月的长期抗战……我终于赢了……

老天有眼……:)

为了小小地惩罚他让我等了一个月之久……

我骗他说我长得并不可爱……:P

本想继续逗他的……直到他说："同是天涯没貌人，相逢何必太龟毛。"

我才答应见他……:)

我们约在大学路的麦当劳……时间是晚上七点半……

好小气的痞子……竟然舍不得请我吃一顿……:(

小雯说我该迟到个半小时……

算是对男性几千年来的专制做出无言的抗议……

我才不要呢……我已经浪费了一个月的时间在等待……

我可不愿意再多等待一分一秒……:)

我穿着去垦丁时的那套咖啡色系的衣裤……还有卡布奇诺背包……

我要带着那天的愉悦心情去跟他见面……:)

把单车停在 NET 店门口……慢慢地走到麦当劳……

我一眼就认出蓝色的他……

他不仅全身蓝色……连发呆的样子也很蓝色……

像是熟识的朋友般……我轻拍了一下他的肩膀……

因为我想看他回过头来时……满地找眼镜碎片的模样……:)

但他的眼镜并没有跌破……我想他一定是吓呆了……:P

在麦当劳里……我仔细地看着他……

他长得很斯文……但有着因为过度聪明而显得狡黠的笑容……

果然有被称为痞子的本钱……:)

他讲话总喜欢加上手势……好像说话的是他的手……而不是嘴巴……

咦？在网络上的聊天不也是靠手？

因此有一段时间……

我忘了我到底是置身于网络还是在现实之中。

我们从盘古开天……聊到如何治愈狗的自闭症……
我很自然地和他谈天说地……那种感觉像是在自言自语……
因为当我说话时……他总是静静地聆听与在意……

我也喜欢今晚见面聊天时的气氛……
就像坐在沙滩上……吹着凉凉的海风……
然后诉说着远方渔船的故事一样……很平淡也很轻松……：）

但我就是想考他……所以我掰出了一套"咖啡哲学"……
当我掰完后……我又看到了他那蓝色的发呆表情……：）
没想到他竟然也能掰出一套"流体力学"……
我发呆的样子……像咖啡色的吗？

我开始觉得他不是一个虚幻的人……
他并不只是存活在虚幻的网络世界里……
在现实生活中……他依然阳刚而坚强、温柔却深沉、敏感又
多变……
我也觉得我的防御工事……就像是构筑在沙滩上的城堡……
根本经不起海浪的冲击……
我在他面前……已不再好强……
所以我答应了他明天的邀约……

嗯……离三点一刻还有一个小时……还是再煮杯曼巴咖啡吧!

我知道他那时一定也会上线……

我不想让他失望……更不想让我失望……:P

小雯说这叫制约反应……她说我已经没救了……:~

制约就制约吧!

反正我心甘情愿……:)

※

发信人:FlyinDance (轻舞飞扬)

标　题:1997/12/31

日　期:Thu Jan.1 06:03:52 1998

嗯……该用第二人称的"你"……而非第三人称的"他"了……

因为我决定让你分享我内心最深处的秘密……:)

你果然如我预期般在三点一刻上线……看来你也被我制约了……:)

只可惜我们下午还得去看电影……

不然我们又可以像从前般聊到天亮……

赶快睡吧……我可不想让你看到我憔悴的模样……:~

我在中午 12 点左右醒来……先洗个澡吧……

对女孩子而言……饭可以不吃……澡不可不洗……:P

我哼着歌……那使我想起开学那天在工学院路上的轻舞……:)

然而当我穿上衣服时……我却看到了我右手臂上的红斑……

我愣愣地看着那处红斑……全身仿佛被冻僵……

解冻后的那一刹那……我蹲在浴室里……哭了起来……

原来过去这三个多月以来……我只能在网络里 Fly in Dance……

并不能在现实生活中轻舞飞扬……

所以我决定听妈的话……回到台北……对自己的生命负责……

擦干眼泪……待会儿你就来了……

今天我们要去看电影呢！应该要愉快的……

可是为什么要挑《泰坦尼克号》呢?

我对悲剧一向是没有抵抗力的呀!

今天的天气很好……台南的天气一向如此……

我把脸蛋藏在你的身后……毕竟我已经没有本钱再晒一点太阳了……

即使今天的阳光依旧轻轻柔柔……

坐在你的摩托车后座……我可以看到你耳后泛起的红潮……

痞子……其实我和你一样……耳根也会发烫……

然而，这只有拂过我耳畔的风可以看见……

而你绕啊绕的……好像在找停车位……

但我知道……你只是想让我多待在你身后一会儿……

我说对了吗?

我用发夹绑了个马尾……因为小雯说我脸型的弧线很
迷人……

所以我不想让我的长发遮住我的脸……

痞子……我希望让你永远记住我现在最美丽的模样……

因为过了今天……我也许就不再美丽了……

在排队买票时……是我最接近你的时候……

我甚至希望我们就这样一直排下去……买不到票也没
关系……

但我的右手臂不时地碰触到你的左手臂……

我感觉到我右手臂上的红斑正在冷笑着……

在南台戏院内……我终于克制不住我自己……

我突然发觉我就像 Titanic 一样……即将沉没在冰冷的
海底……

亲爱的 Jack……你又该如何呢?

Hate？ Help？ Hold？

痞子……你并不浪漫……你不是那种会被虚构的爱情故事所感动的人……

除了 Jack 说的那句：

"Rose, listen to me...Listen...Winning that ticket was the best thing that ever happened to me...It brought me to you...And I'm thankful, Rose...I'm thankful..."

这时我才看到你坐直身子……牵动了一下眉间和嘴角……

痞子……你知道吗？我也有同感……

你提醒我电影散场了……

没错……属于我的电影已经散场……但属于你的人生还是得继续……

痞子……不是吗？

但我还是想自私地保留一些跟你有关的东西……

我要你在票根上签名……

痞子……你好笨……:(

那是我认输的表示……我心里希望你签下你的本名……

这样我以后的思念才会更具体……

如果还有"以后"的话……

而且我才会更加确定……你并不只是存活在网络上……

痞子……我终于可以走在 Dolce Vita 的香水雨中……
谢谢你让我体会"甜蜜的日子"的真谛……
但很抱歉……再见的话我说不出口……
既然从网络的邮件开始……就应该以网络的邮件结束……

距离我第一次发邮件给你的日子……已经三个多月了……
时间似乎不算短……但也不能以长来形容……
我们之间的故事是由我起头的……所以也要由我来结束……
这叫"解铃还须系铃人"……也叫"有始有终"……
痞子……这次我的成语用得对吗?

也许正如你所说的……网络虽然迅速……但并不完美……
我可以很快寄给你我的思念……
却无法附上掉落在键盘上的泪滴……

嗯……天快亮了……
现在的你……在做什么呢?
突然好想听到你的声音……:)

待会儿再寄给你最后一封邮件后……我就该走了……
现在的你……应该正在熟睡吧……

思念

原来我并非不思念她，

我只是忘了那股思念所带来的冲击而已。

就像我不是不呼吸，

只是忘了自己一直在呼吸而已。

呼吸可以暂时屏息，却无法不继续。

所以，我决定去找小雯碰碰运气。

看完她的邮件，我的心情又像坐了一次云霄飞车。

但这次更紧张刺激，因为这台飞车还差点出轨。

我从她的日记里，发现了隐藏在她聪明慧黠的谈吐下，竟然同样也有颗柔细善感的心。

我不禁想着：

当初她在写日记时，会想到日后有别人来阅读她的心吗？

或者只是以网络世界里的她为发信人，而以现实生活中的她为收信人？

又或者是相反呢？

连续两个星期，我习惯以自我催眠的方式，去面对每个想起她的清晨与黄昏、白天与黑夜。

我不断告诉我自己，她只能在虚幻的网络里 Fly in Dance，并不能在现实生活中轻舞飞扬。

希望能忘掉这种锥心刺骨的痛楚。

我也不断逃避，逃避电脑、逃避任何与咖啡色有关的东西。

把自己放纵在书海中，隐藏在人群里。

希望能逃避这种刻骨铭心的感觉。

但我还是失败了。

因为锥心刺骨和刻骨铭心，都有骨和心。

除非我昧着良心，除非我不认识刻在骨头上的那些字，我的催眠术才会成功。

但我却是个识字且有良心的人。

原来我并非不思念她，我只是忘了那股思念所带来的冲击而已。

就像我不是不呼吸，只是忘了自己一直在呼吸而已。

呼吸可以暂时屏息，却无法不继续。

所以，我决定去找小雯碰碰运气。

那天是 1998 年 1 月 15 日。

一早便下起了雨，台南的天气开始变冷了。

是天气的缘故吧！我按门铃的手一直颤抖着……

"请问小雯在吗？"

"This is 小雯 speaking。May I have your name？"

"我……我……我是痞子。"

实在不知道该怎么形容我的名字，jht 她不知道，我老爸给的名字她也没听过，只好这样说了。

"Just a minute! I go down right now!"

没多久，我听到一声关门的巨响。

然后是一阵急促且匆忙的脚步声。

阿泰有一套在武侠小说里所形容的接暗器的方法，叫"听声辨位"。

像这种类似放盐水蜂炮的脚步声，应该是 B 型的女孩子。

小雯随便绑了个马尾，而且还没用发带或发夹，只用条橡皮筋。

长相如何来不及细看，因为男生的目光很容易被她的胸围所吸引。

更狠的是，她还穿紧身的衣服，使我的眼睛死无葬身之地。

如果是阿泰来形容的话，他会说那叫"呼之欲出"。

"你就是痞子？"

她仔细打量着我，满脸狐疑。

"Yes。This is 痞子 speaking。"

我学她讲话，也许会让她对我有亲切感。

"你为什么现在才来？"

她双手叉着腰，瞪视着我。

"我……我不知道该去哪里找她。"

看来小雯对我并没有亲切感，我只好小心翼翼地回答。

"你不会来问我吗？你研究所念假的？一点智商也没有！"

"那你一定知道她在哪里了！"
我的声音因为兴奋而显得有点打战。
"废话，我当然知道。我早已经去看过她了，等我期末考考完，我就要上台北陪她。那时我不在台南，看你怎么办！"
没想到小雯讲话的速度和声音，也像在放盐水蜂炮。
"对不起。能不能请你告诉我，她在哪里？"

"她在这里。"
小雯说完后给了我一张字条，上面写着"荣总"，和一间病房号码。
我愣愣地看着她。
不过这次的目光往上移了 25 厘米，停留在她的眼睛上。
我仿佛看到她的眼里噙着泪水。

"在发什么呆？还不给我赶快去看她！"
"这是……？"
"Shut up（闭嘴）！别啰唆了，快去！"
小雯好像察觉到她的声音和语气都很不善，于是叹了口气，轻声说："还有，台北比较冷，记得多穿几件衣服。"

"砰"的一声，她关上了公寓大门。
然后又是一阵盐水蜂炮声。

小雯恐怕不仅是 B 型，而且是 B+ 型。

下次要跟阿泰报这个明牌，让他们去两虎相争一番。

我听了小雯的话，多带了几件衣服。

不过不是因为我担心台北比较冷，而是因为我不知道要去多久。

我打了通电话给在台北工作的老妹，告诉她我要去住几天。

她问我为什么。

我说我要去找一只美丽的蝴蝶。

我搭上 11 点 40 分远航往台北的班机。

我想两个星期前，她一定也搭同样的班次。

一上飞机，我立刻系了安全带，倒不是因为今天的空中小姐很丑陋，而是我已不再相信有任何美丽的空中小姐，身上会有与她类似的香味。

下了飞机，迎接我的，是一种与台南截然不同的天气。

幸好台南今天也下雨，所以台北对我而言，只是比较冷而已。

我在老妹的办公室里，卸下了行李。

然后坐上 277 号公交车，在荣总下了车。

我进了病房，她正熟睡着，我静静地看着她。

她长长的头发斜斜地散在棉被外面，我并没有看到可以称为咖啡色的头发。

她的脸型变得稍圆，不再是以前那种美丽的弧线。

而她的脸颊及鼻梁已经有像蝴蝶状分布的红斑。

但不管她变成如何，她仍然是我心目中那只最美丽的蝴蝶。

她的睫毛轻轻地跳动着，应该正在做梦吧。

她梦到什么呢？

工学院路上的轻舞？麦当劳里的初会？南台戏院内的泰坦尼克号？

还是胜利路巷口的香水雨？

病房内愈来愈暗。

我想去开灯，因为我不想让她孤单地躺在阴暗的病房里。

但我又怕突如其来的光亮，会吵醒她的美梦。

正在为难之际，她的眼睛慢慢地睁了开来……

她睁大了眼睛怔怔地看着我，突然转过身去。

我只看到她背部偶尔抽搐着。

她变得更瘦了，而我终于可以用"弱不禁风"这种形容词来形容她。

过了很久，大概是武侠小说里所说的一炷香时间吧！

她才转过身来，用手揉了揉眼睛，浅浅地笑着。

我又看见了满是笑意的慧黠眼神。

"痞子，你来啦！"

"是啊！今天天气真好，对吧？"

"对呀！今天太阳也很圆，不是吗？呵呵。"

这是我们去看《泰坦尼克号》那天，她坐在我摩托车后的对白。

只是她不知道，台北今天下雨，根本没出太阳。

"痞子，你坐呀！干吗一直站着？"

经她提醒，我才想找张椅子坐下。

在举步之间，我才发觉双脚的麻痹，因为我已经站了几个钟头了。

"痞子，你瘦了哦！"

她真厉害，竟然先下手为强。

我才有资格说这句话吧！

"痞子，肚子饿了吗？中午有吃吗？"

"医院的伙食不太好，所以病人通常会比较瘦。"

"其他都还好，不过不能在线跟你聊天实在是很无聊。"

"痞子，论文写完了吗？今年可以毕业吗？"

等等，躺在病床上的人是你不是我啊！

怎么都是你在问问题呢？

不过，我也没什么好问的。

因为我只是来看她，不是来满足好奇心的。

也许我该学电影里的人物，说出一些深情的对白，但我终究不是浪漫的人。

而且毕竟那是电影，而这是人生。

我只希望她能早点离开这间令人窒息的医院，回到温暖舒畅的台南。

这次我绝对不会让她一个人漫步在成功校区的工学院路上，我会一直陪着她，只要不叫我跳舞的话。

过没多久，她妈妈便来看她了。

50岁左右的年纪，略胖的身材。

除了明朗的笑容外，跟她并不怎么相像。

"嗯，我该走了。伯母再见。"

"你……你……"

她突然坐直身子，像是受到一阵惊吓。

"我明天还会再来，明天的明天也是。直到你离开这里。"

在回到老妹的住处前，我先去买瓶迪奥的 Dolce Vita。

我买最大瓶的，这次要让她洒到手酸也洒不完。

老妹笑嘻嘻地说："自家兄妹，何须如此多礼。"

我告诉她："你说得对，所以这不是买给你的。"

我想要不是因为我们拥有同样一个娘亲，她恐怕会骂出台湾人耳熟能详的三字真言了。

当天晚上，我一直无法入眠。

台北的公鸡是不敢乱叫的，所以我只能偶尔睁开眼睛瞥一下窗外的天色。

在第一道阳光射进窗内后，我离开了温暖的被窝。

我坐上出租车，因为我不想多浪费时间在等277号公交车上。

进了病房，她正在看一本小说。

封面上有个清秀的女子画像，但比她略逊一筹。

"痞子，你终于来了。等你好久。"

"你昨晚睡得好吗？"

"我不敢睡得太沉，因为你来了也不会叫醒我。"

"那你再睡一会儿？"

"呵呵，你既然来了，我就更加睡不着。"

我送给她那瓶 Dolce Vita，约好她出院那天在荣总大门口洒它个痛快。

她问我小雯美吗。

我说她太辣了，对眼睛不好。

不过阿泰喜欢吃辣，可以让他们去自相残杀。

然后她又问我台南的天气好吗。

我并没有告诉她，她离开后的台南，天气一直不曾好过。

说着说着，她就睡着了。

我不敢凝视着她，因为她的脸上有一只蝴蝶。

昨晚离开前，我才知道她罹患的是红斑狼疮，俗称蝴蝶病。

但我喜欢的是一只能自在飞舞的咖啡色蝴蝶，而不是停在她脸上伴着苍白肤色的这只红色蝴蝶。

况且不能飞舞的蝴蝶还能算是蝴蝶吗？

"痞子，你干吗一直看着我？而且又不说话？"

我也说不上来。

因为我发觉她愈来愈虚弱，这让我有股不祥的预感。

"痞子，我很渴，想喝点东西。"

我绝不会在此时离开你半步的。

电影《新不了情》里，刘青云到太平山去帮袁咏仪买红豆糕回来后，就没来得及见袁咏仪最后一面。

我不笨，所以我不会下这种赌注。

"你在学电影情节把我支开吗？"

"痞子，电影是电影，人生是人生。"

电影如何？人生又如何？

在电影《泰坦尼克号》里，Jack 要沉入冰冷的海底前，用最后一口气告诉 Rose："You must do me this honor...Promise me you will survive...That you will never give up...No matter what happens...No matter how hopeless...Promise me now...And never let go of that promise..."

结果呢？

Rose 老时还不是照样松手，而把"海洋之心"丢入海里。

而在真实人生中，为了拍《泰坦尼克号》，Rose 刻意增胖。

戏拍完后，还不是因为无法恢复成以前的身材，而放弃减肥。

所以电影和人生其实有相当大的关联性。

"你不是刚喝过水了？又想喝什么？"

"痞子，我又渴了嘛！我现在要喝曼巴咖啡。"

这里是医院，到哪里去煮曼巴咖啡？

而且咖啡这种刺激性饮料，毕竟对身体不好。

"咖啡不好吧。喝点别的，好吗？"

"痞子，你也知道咖啡不好。所以请你以后少喝点，好吗？"

我看着她嘴角泛起的笑意，以及眼神中的狡黠，我才知道她拐这么多弯，就是希望我以后少喝点咖啡。

我心里仿佛受到一记重击。

不行了，鼻子突然感受到一股 pH 值小于 7 的气息。

再不平静下来，也许泪水会决堤。

我是学水利工程的，防洪是我吃饭的家伙。

绝不能让水流越过堤防而漫淹，即使只是泪水。

"好，我答应你。我尽量不喝咖啡。"

"那顺便答应我以后不要熬夜。"

"还有以后别日夜颠倒了。"

"还有早餐一定要吃。"

"还有别太刻意偏爱蓝色，那会使你看起来很忧郁。"

"还有……"

气氛突然变得很奇怪，好像有点交代后事的感觉。

我不想让她继续，只好说："我去帮你倒杯水吧！免得你口渴。"

"痞子，饮水机远吗？如果远我就不喝水了。"

从这里到置放饮水机的转角，男人平均要走 67 步，女人则
要 85 步。

加上装水的时间，平均只要花 1.8 至 2.1 分钟，不算远。

"不会的，很近。"

"痞子，赶快回来。我不想一个人，好吗？"

她很认真地看着我，然后低下头轻声说："我很怕孤单。"

我这次没有回答。

低着头，加快了脚步。

最后的信

如果我还有一天寿命，那天我要做你女友。

我还有一天的命吗？没有。

所以，很可惜。我今生仍然不是你的女友。

如果我有翅膀，我要从天堂飞下来看你。

我有翅膀吗？没有。

所以，很遗憾。我从此无法再看到你。

如果把整个浴缸的水倒出，也浇不熄我对你爱情的火焰。

整个浴缸的水全部倒得出吗？可以。

所以，是的。我爱你。

"痞子，吃夜宵去吧！学弟请吃鹅肉。"

是阿泰在叫我。

三更半夜里，很多研究生都会相约一起出去吃点东西。

有时会喝点酒，因为大家都有一肚子的悲愤。

以前我常喝酒，但这两个月来倒是都不喝了。

"等我 10 分钟，我喝杯咖啡。"

到今天为止，轻舞飞扬已经离开我快两个月了。

我总是在每天深夜的三点一刻上线，关掉所有的网页。

让 jht 静静地陪着 FlyinDance 10 分钟。

虽然现实生活中的她，已不再能轻舞飞扬。

但我仍然希望网络世界里的她，能继续 Flying in Dancing。

阿泰常骂我傻，人都走了，还干这种无聊事做啥？

可是即使她已不在人世，我仍然不忍心让她的灵魂觉得孤单。

因为她说过的,她怕孤单。

"痞子,你不是戒掉咖啡了吗?"
阿泰好奇地问着。
其实我一直记得那晚她的嘱咐,所以从那时起,我也就不再喝咖啡了。

但今夜的我,却有一股想喝咖啡的冲动,而且我要多煮一杯给她。
因为今天是 3 月 15 日,她满 22 岁的日子。

我记得 1 月 17 日那天,台北的雨下得好大。
当我赶到荣总时,他们告诉我说:
凌晨三点一刻,98 病房内飞走了一只咖啡色的蝴蝶。
然后我就什么也不记得了。

我只知道我在 277 号公交车的站牌下,站了一整天。
小雯说得没错,台北实在好冷。
老妹就比较笨了,竟然问我为何脸上会这么湿。
难道她不知道那天台北的雨实在很大?

这两个月以来,我很努力地不去想她。
毕竟饭还是得吃,觉还是得睡,课还是得上,论文还是得赶。

我希望自己不会每时每刻地想起她，而这种希望……

就好像我希望天空不是蓝色的；就好像我希望树木不是绿色的；就好像我希望星星不在黑夜里闪耀；就好像我希望太阳不在白天时高照。

我知道，我是在希望一种不会发生的情况。
没想到在现实生活中，我还是扮演着第二种人的角色。

而我哭过吗？
绝不可能！我说过了，我是防洪工程的高手。
将来长江三峡下游的防洪措施，搞不好我还会参与。

如果心里一有 pH 值小于 7 的感觉，我就会赶紧上线去看 joke 版 ①，让一些无聊低级黄色的笑话，转移我的注意力。
所以一切都跟去年 9 月以前还没遇见她时一样，阿泰仍然风流多情，而我依旧乏味无趣。
只是研究室窗外的那只野猫，似乎都不叫了。

上了线，关掉 Page，准备去饮水机装水煮咖啡。
三楼的饮水机坏了，只好到二楼去装水。
在等待盛水的时间里，我看到了一封放在研究生信箱的信件。

---

① 网络论坛中以段子、笑话等轻松取乐内容为主的版块。

我是博士班的学生，信箱在三楼，二楼是硕士班研究生的信箱。

信封外面的收件地址只写：成大水利工程研究所。

而收件人更怪，写的是"痞子蔡"。

我想不出系上还有哪个人有这种天怒人怨的绰号，所以应该是寄给我的信。

我拆开一看，里面有张信纸，还有另外一个咖啡色的信封。

信上写的是：

蔡同学你好：

　　我是轻舞飞扬的室友。

　　很抱歉，我并不知道你的大名。

　　我也不方便称呼你为痞子，因为这是她的专利。

　　前几天她家人整理她的遗物时，

　　发现了这封咖啡色的信，托我转交。

　　我只知道你的系所，只得硬着头皮，碰碰运气了。

　　也许轻舞飞扬在天之灵会保佑你发现这封信。

　　那么，祝你幸运了。

                                    小雯

信是在一个多月前寄的。

我想小雯在写这封信时，一定掉了很多眼泪。

因为信纸上到处是湿了又干的痕迹。

而那封咖啡色的信，信封上有着另一种娟秀的字体。

写着："To：痞子蔡（我的青蛙王子）"。

这是我第一次看到轻舞飞扬的字迹。

没想到她的字，也会轻轻地舞着。

我忍住手的颤抖，慢慢地拆开这封咖啡色的信。

里面有张照片，和南台戏院 1997 年 12 月 31 日下午 2 点 20 分 11 排 13 号的票根。

票根上在"痞子蔡"的签名旁，她又签下了"轻舞飞扬"。

另外还有一张蓝色的信纸。

信纸上有我熟悉的 Dolce Vita 香水味道。

照片上的她，站在一片青绿的草原上。

并穿着我们第一次见面时那套咖啡色系的衣服。

也就是像炭烧咖啡的鞋袜、像摩卡咖啡的小喇叭裤、像蓝山咖啡的毛线衣，还背着那个像卡布奇诺咖啡的背包。

照片后面写着：

Dear jht：

　　咖啡色是双鱼的我，蓝色是天蝎的你。

　　咖啡色的信封内装着蓝色的信纸，知道我的意思了吗？……:)

看到我这杯香浓的咖啡，你会想喝吗？

口水千万要吸住，别滴下来哦！……:P

FlyinDance

我闪过一丝苦涩的笑容。

我想我会滴下来的，应该不是口水。

而蓝色信纸的内容很简单：

如果我还有一天寿命，那天我要做你女友。

我还有一天的命吗？没有。

所以，很可惜。我今生仍然不是你的女友。

如果我有翅膀，我要从天堂飞下来看你。

我有翅膀吗？没有。

所以，很遗憾。我从此无法再看到你。

如果把整个浴缸的水倒出，也浇不熄我对你爱情的
火焰。

整个浴缸的水全部倒得出吗？可以。

所以，是的。我爱你。

轻舞飞扬

我的胸口很轻易地被撕裂，眼泪迅速地如洪水般溃决我的防洪工程。

骄傲无情的我，再也抵挡不住满脸的泪水。

她终于也改了我的 plan，并讨回了我积欠她的两个月的泪水。

后来奥斯卡金像奖揭晓，《泰坦尼克号》囊括最佳影片等 11 项大奖。

但是 Rose 并没有拿到奥斯卡最佳女主角奖。

连老 Rose 也是一样，与奥斯卡最佳女配角奖擦身而过。

原来在电影里悲惨的，在人生中也未必不倒霉。

而现实生活中的 Jack，到底应不应该对 Rose "Never let go" 呢？

也许他不必担心这个问题，因为那只美丽的咖啡色蝴蝶，永远在他心中翩翩飞舞着。

~ The End ~

※

发信人：FlyinDance@bar（轻舞飞扬），信区：novel

标　题：Re: 第一次的亲密接触 (34) …… Over

发信站：成大信息所 _BBS（May 29 04:16:59 1998）

转信站：bar

我轻轻地舞着，在静谧的天堂之中。

天使们投射过来异样的眼神。

诧异也好，欣赏也罢，

并不曾使我的舞步凌乱。

因为令我飞扬的，不是天使们的目光，

而是我的青蛙王子。

写在《第一次的亲密接触》十年之后 [①]

故事可能有点长，你准备好聆听了吗？

我用了"听"这个字眼，你觉得奇怪吗？
或是你早已被我的白烂 [②] 训练得处变不惊呢？

《第一次的亲密接触》的时间背景在 1997 年至 1998 年间。

那时我念博五，研究室有两台电脑。一台较新用来跑程式；另一台是老旧的 486，我总是用它上 BBS。

当时我的论文面临瓶颈，我总是利用跑程式的空当，上 BBS 散散心。那是一个可以透透气的窗口。

天使的沮丧可能只是羽毛脏了，或者被上帝念了一句；但地狱的恶鬼每天只能乞讨死人骨头来吃，也没听他们抱怨过。恶鬼的郁闷可能是地藏王菩萨很久才来看他们一次。

[①] 此篇为繁体版后记，收录于《第一次的亲密接触》，台北：麦田出版，2008。
[②] 指一个人既笨又啰唆，还很麻烦。

BBS 的世界里，天使、恶鬼、人、畜生都有，带着各自的气息上 BBS。

他们除了倾吐自己的情绪外，也试着理解另一个环境里的喜怒哀乐。

我在 BBS 上认识一些人，男的女的都有，有些跟我念同一所学校，有些得坐上十几个小时飞机且飞机不撞山坠海才能碰头。

如果在线上遇到，总会互丢水球聊上几句，有时聊得起劲便是一整夜。

每当有人丢我水球，那台 486 就会"当当当……"。

连响十个"当"，不多不少。

我常一个人在研究室待一整夜，在几乎所有人都熟睡的深夜三点，这种当当声，像是圣诞钟声，是孤单夜里的唯一慰藉。

BBS 进入人类文明历史的时间并不长，大学校园里的青年男女，还在学习与适应这种新兴媒介下所诞生的人际关系。"见网友"成为一种新鲜刺激又有趣的活动。

当两个既熟悉又陌生的人第一次见面时，他们第一句话会说什么？如果与心中的期待落差太大，会不会想吃黯然销魂饭配伤心断肠鱼？

校门口偶见左手拿手帕画方、右手拿卫生纸画圆的人，等着跟网友相认。

喜欢装神秘的，三更半夜戴鸭舌帽约在黑暗的小巷口，活像毒品交易。

熬了一夜没睡，清晨 6 点与未曾谋面的网友约在麦当劳一起吃早餐，回来后惊吓过度导致精神亢奋于是跑去捐血的故事也曾听说。

这个时期 BBS 上的小说，结构未必完整，故事也通常起了头却没结尾。内容属于心情记事者多，故事性强，常见流水账叙事方式以接近生活。

文字简单直接，技巧不高，但语气多半真诚。

当我看到这些小说时，常觉得作者并非写给人看，而是说给人听。

"嘿，我在说话呢。你听见了吗?"我仿佛可以听见作者的声音。

久而久之，我也有了想说话的冲动，便开始在 BBS 小说版上说话。

你看《第一次的亲密接触》时，会不会觉得我好像在自言自语?

那你听见我的声音了吗?

所以我用了"听"这个字眼。

1998 年 3 月 15 日深夜三点一刻，研究室窗外传来野猫的叫春声和雨声。程式仍然跑不出合理的结果，我觉得被逼到墙角，连喘气都很吃力。

突然间我好像听到心底的声音，而且声音很清晰，我便开始跟自己对话。

通常到了这个地步，一是看精神科医师，二是写小说。

因为口袋没钱，所以我选了二。

一星期后，我开始在 BBS 小说版上写《第一次的亲密接触》。

《第一次的亲密接触》连载时即造成轰动，贴完后更是一发不可收拾。

那时我每次上线，信箱都是爆的，必须先整理信件才可以正常使用。

我在阅读信件时常觉得迷茫：这些赞美是真的吗？

事实上两年前我才刚因作文成绩太差而导致技师考落榜。

（此段叙述可见《槲寄生》的后记。顺手买本书，救救穷作者。）

如果你是块砖头，相信自己是坚固的，叫自信；相信自己可以经过千百年的日晒雨淋而不腐朽，叫狂；而相信自己比钻石硬且比钻石值钱，那就叫无知了。

我很担心听多了赞美之后，我会从自信变为无知。

所以我开始试着告诉自己，那些赞美是善意，但千万不能当真。

《第一次的亲密接触》出版后，没想到会造成一种新的现象，更让我突然拥有"作家"这种身份。每当有人称呼我为网络作家、畅销作家或与我讨论写作这东西时，我心里总会浮现一句话："剑未佩妥，出门已是江湖。"

我已身在江湖，并被江湖人士视为某个新兴门派的开山祖师。但我深知连剑法都没学过。

江湖上的应对、道义与规范，不是一个像我这种学工程的人所能理解的，而且我也不习惯。

那年我 29 岁，是个理工科学生，没投过稿，作文成绩不好，从未参加过文学大赛，却莫名其妙进入写作的江湖世界。

经过了 10 年，我 39 岁。

我已在校园当老师，仍然被视为写作江湖中的人物，但剑法还是没练成。

之后书市出现了第二次亲密接触、再一次亲密接触、又一次亲密接触、无数次亲密接触、最后一次亲密接触等书籍，作者名字都冠上痞子蔡。但跟我一点关系也没有。

有位作者写信告诉我，他因为崇拜我，便将"笔名"取为"蔡志恒"，然后用蔡志恒之名出书。

这真的是太黯然、太销魂了。

我从来没有写《第一次的亲密接触》续集的念头。原因很简单：我认为故事已经说完了。

但很多人似乎不这么想。

曾有广告公司女企划联络我，希望我写续集，然后说起她的构想。

轻舞飞扬走后，痞子蔡始终郁郁寡欢，最后一个人跑到法国巴黎旅行。当他漫步在塞纳河左岸时，竟然发现轻舞飞扬在街角咖啡馆内喝咖啡。他揉了揉眼睛确定不是梦后，用颤抖的手推开店门走进。于是他们重逢了。

　　在满室咖啡香中，他们尽情诉说分离后的点滴。

　　痞子蔡可能去跑船 3 个月、去蒙古草原剪羊毛、去 101 楼顶高空跳伞，但他根本不会坐 20 个小时飞机到浪漫的巴黎。这不是他的风格。

　　虽然痞子蔡也许因为某种不可抗拒的因素到巴黎（比如捡到钱），但如果真在塞纳河左岸遇见轻舞飞扬，他不会颤抖地推开店门，而是颤抖地掉进塞纳河里。

　　所以重点是，轻舞飞扬已经离开人世，痞子蔡又怎能遇见她？

　　"这简单。"女企划说，"轻舞飞扬有个孪生妹妹——轻舞飘飘，跟轻舞飞扬长得一模一样，所以痞子蔡遇见的是轻舞飘飘。"

　　我在心里 OS（独白）：飘你妈啦，最好是这样。

　　她见我沉默，笑了笑说："要不，痞子蔡遇见的是另一个轻舞飞扬。因为人家都说，这世界上有三个人会长得一模一样，所以还有两个轻舞飞扬。"

　　我这次更沉默了，连在心里 OS 都懒。

　　"接下来这种可能最劲爆。"她的口吻很神秘，"轻舞飞扬根本没死！"

"啊？"我终于打破沉默。

"活要见人、死要见尸。小说中并没说痞子蔡看到轻舞飞扬尸体不是吗？其实轻舞飞扬只是装死，然后到法国治病，就像小龙女骗杨过一样。"

"……"

"无论如何，"她下了结论，"痞子蔡和轻舞飞扬一定要在巴黎塞纳河左岸重逢，然后一起喝咖啡。"

"一定要在塞纳河左岸喝咖啡？不能在塞纳河右岸吃烤香肠吗？"

"我没有告诉你吗？"她说，"这是'左岸咖啡馆'的广告呀。"然后她笑了起来。但我却疯了。

后来又有几家广告商找上门，比方说笔记本电脑推出新机型找我代言。痞子蔡机型是蓝色外壳，轻舞飞扬则是咖啡色外壳。我要做的只是在蓝色笔记本电脑上打字，假装与轻舞飞扬聊天。

还有泡面广告，我只要装出一副这辈子从没吃过这么好吃的东西的表情，然后说"吃了这碗泡面，就能遇见轻舞飞扬哦"之类的蠢话即可。

你应该知道像我这种谦虚低调、有为有守、爱护小动物、遵守交通规则、常牵老婆婆的手过马路的人，是不会这样消费痞子蔡与轻舞飞扬的故事。所以我通常委婉地拒绝，或者直接装死。

而路上偶见"轻舞飞扬托儿所""痞子蔡珍珠奶茶"等招牌，

这些都跟痞子蔡无关，也跟轻舞飞扬无关。

痞子蔡与轻舞飞扬相识于1997年的BBS，缘分结束于1998年。
故事结束了。
所有延伸的生命，只在你我心中。
如果你愿意让这故事在心里延伸的话。

2004年我在大连外国语学院演讲，演讲完后约10个女孩走
上台。她们各用一种外语，对我念出轻舞飞扬那封最后的信，并
要我猜猜是哪种语言。
这些像轻舞飞扬年纪的女孩，很认真地扮演轻舞飞扬在她们
心目中的样子。甚至全身的穿着也是咖啡色系。

结果我只猜出英、法、日、韩、西班牙语，其他都猜错。
当最后一位女孩用日语说出最后一句"あいしてる"时，所
有女孩靠近我，脸朝着我围成半圆形，其中一个女孩开了口：
"轻舞飞扬的遗憾，就是没能亲口告诉痞子蔡这封信的内容。现
在终于听到了，轻舞飞扬就不会再有遗憾了。"
然后她们同时面露微笑，朝我点了点头后，便走下台。

我突然感动得全身起了鸡皮疙瘩。
那一瞬间，我想起有个医学系学生说他会把研究蝴蝶病当毕
生的职志；也想起很多蝴蝶病友写信告诉我，她们会珍惜生命，
让生命轻舞飞扬；更想起从世界各地写来的信，跟我分享他们身

边的，轻舞飞扬的故事。

我知道我虽然已把故事说完，但故事的生命还在很多人心中延续着。

那么《第一次的亲密接触》的源头呢？

这10年来，不断有人问我故事是真或假的问题，不管是认真地问、试探地问、楚楚可怜地问还是理直气壮地问。

女企划错了，轻舞飞扬不会装死，痞子蔡才会。

所以如果碰到这个问题，我总是死给人看。

逼得急了，我偶尔也会说出"情节可以虚构，情感不能伪装"之类虚无缥缈、模棱两可的答案。

其实逻辑上"真"或"假"的定义很明确，根本没有模糊的空间。举例来说："痞子蔡是1969年出生，就读成大并拿到水利工程博士的大帅哥。请问这句话是真的吗？"

不，它不是真的。

因为痞子蔡只是"帅哥"，而不是"大帅哥"。

只要有100个字的叙述是假，那么10万字的东西就不能叫作真。

我隐约看到你额头的青筋浮现。

冷静点，先别激动，让我换个方式说好了。

知道水力发电的原理吗？

高处的水往下流，变为流速极快的水流，冲击涡轮机的叶片，带动叶片不停地转动，从而制造电力。

简单地说，就是水的位能转换为水的动能，最后变为电能。

整个过程符合热力学第一定律：能量不减，只是能量的形式转换而已。

身为《第一次的亲密接触》作者，我扮演的，就是涡轮机的角色。

你应该听不太懂。

没关系。

你知道我是写小说的。写小说的人有某种特点：明明只是因为话说不清楚让人不懂，却装作一副那就是哲理的模样。

嗯，这就是哲理。

如果你就是要打破砂锅，仿佛这比微积分的期末考成绩还重要，那么我再简短说两个故事。

第一个故事，轻舞飞扬在成大是真实存在的，就这样。

请你原谅我用这种虚无缥缈的说法来混过去，因为我不想让人以为我在贩卖二手的悲伤。

第二个故事可以说得长一点。

我大学时的室友有个通信多时的笔友，终于决定见面并约好时间地点，没想到她却失约了。几天后，我在宿舍信箱收到一封铅笔写的信，收信人只有名却没有姓。是寄给我室友的信。这封信皱巴巴的，而且信封上到处是湿了又干的痕迹。

"我是○○的室友，冒昧通知你，请别介意。"这是信上的第一句。

然后说前两天○○在校门口过马路时，被一辆闯红灯的砂石车夺去生命。遗体停在殡仪馆，下星期公祭。

"请来送她好吗？她一直想见你。"这是信上的最后一句。

好，故事说完了。

"每造就一场繁华，必以更长久的荒凉相殉。"张爱玲说的这句话有些道理。

《第一次的亲密接触》在 10 年后重新出版，即使时空背景已变，我还是忍住了想加些什么或改些什么的冲动。

现今的网络速度和网站空间，已远非 10 年前的网络环境可以比拟。上网已成日常生活，社会大众也不再对网络使用者投以怪异的目光。

而 MSN 和即时通等软件的出现，加上手机早已普及，没有人会刻意上某个 BBS 站枯等熟悉 ID 出现，BBS 也不再万站齐鸣。

轻舞飞扬在线上等待痞子蔡的心情，过没多久就会是古代的事。

但有一句话是不会变的："心的距离若是如此遥远，即使网络再快，也没有用。"

这 10 年来，人家总是问我：为什么不放弃水利工程，当个专职作家？但从来没人问我：为什么不放弃写作，当个专职水利工程师？

很有趣吧。

被视为写作江湖中的人物，我虽然不习惯，但也跌跌撞撞混了 10 年。

对于从小到大并未想过有天会具有作家身份的我而言，这 10 年像一场梦。

而且是场美梦。

毕竟人们看到作家出现，会恭敬地直起身，再弯下身帮他开车门；但看到工程师时，顶多点个头而已。

我知道所有的美梦终将醒来，但我还想再多睡一会儿。

请先别叫醒我，谢谢。